Lars
Gustafsson

Doktor Wassers Rezept

Roman

Aus dem Schwedischen
von Verena Reichel

Carl Hanser Verlag

Die schwedische Originalausgabe
erschien 2015 unter dem Titel
Doktor Wassers recept bei Albert Bonniers
Förlag in Stockholm.

1 2 3 4 5 20 19 18 17 16

ISBN 978-3-446-25051-2

Satz im Verlag
Druck und Bindung: Friedrich Pustet, Regensburg
Printed in Germany

FSC
www.fsc.org
MIX
Papier aus verantwortungsvollen Quellen
FSC® C014889

Doktor
Wassers
Rezept

Coubertins Prinzip

Ich bin ein Gewinner.

Ich bin gerade achtzig geworden. Ein Alter, das man offenbar ohne größere Probleme erreichen kann, wenn man mein Rezept befolgt.

Doktor Kurth W. Wassers Rezept.

Schon seit längerer Zeit verwende ich unverhältnismäßig viel von meiner Zeit darauf, Preisausschreiben zu gewinnen. Es begann vor einigen Jahren, als ich in Pension ging. Ich finde sie überall, in Reklamebroschüren, in mehr oder weniger eleganten Zeitschriften, sogar in den eher unterhaltsamen Teilen der Tageszeitungen. Ja, sie tauchen mittlerweile fast überall auf. Diese seltsamen Aufträge. Um die niemand gebeten hat.

Mal sind es Buchstaben, mit denen man Puzzles legen soll. Mal ist es ein Reklameslogan, der zu erraten ist, will man eine Spanienreise oder ein neues Geschirrspülmittel erhalten. Mal soll man ein Gedicht schreiben und darin einen Markenartikel auf eine pfiffige Weise darstellen. Und manchmal sind es Denksportaufgaben, so infantil und dumm, dass ein Sechsjähriger mit Zugang zum Internet sie im Handumdrehen lösen kann. Wie heißt die Hauptstadt von Portugal? Wie heißt die Uhr am Parlamentsgebäude von London? Ja, wie wohl!

Ich habe einen Verdacht: Diese Wettbewerbe sind für wirklich dumme oder allgemein denkfaule Menschen gedacht, und wenn jemand mit meinen Talenten sich damit abgibt, ist die Partie im Prinzip entschieden.

Ich bin ein Gewinner. Das ist meine hervorstechende Eigenschaft. Daran gibt es keinen Zweifel.

Ich gewinne elektrische Kaffeemaschinen und wochenlange Ferien in irischen Schlössern oder Hotels in Westindien, Kreuzfahrten nach Bali und natürlich kostenlose Aufenthalte in verschiedenen Gesundheits- und Massageinstituten überall zwischen Sunne und Falsterbo. Plötzlich gibt es Ehre und Auszeichnungen ohne Ende.

Und das alles nur, weil ich Zeit für derlei habe. In meinem jetzigen Leben.

Aber ich habe natürlich weder Zeit noch die Möglichkeit, all diese Gewinne wahrzunehmen und die Preise zu nutzen. Einige habe ich tatsächlich verschenken können – an Nachbarn und Bekannte –, und der Rest landet im Papierkorb. In der Regel kommen dann enttäuschte Briefe der Veranstalter. Ich sage indessen wie der Gründer der Olympischen Spiele – wie auch immer er hieß: Das Wichtigste ist nicht zu siegen, sondern gut zu kämpfen.

Nein. Eigentlich möchte ich es umgekehrt sagen: Das Wichtigste ist nicht zu kämpfen. Es kommt darauf an zu gewinnen. Coubertin hieß er übrigens. Pierre Baron de Coubertin, der Gründer der modernen Olympischen Spiele.

Wer ist die alte Frau, die da unten an der Bushaltestelle zögernd zwischen den Schneewehen hindurchschlurft? Kann das wirklich sein? Nein, das ist doch nicht möglich? Nein.

Das war sie nicht.

Ein Ort
in der Zeit

Genau hier, in dieser Leere, will ich noch ein wenig verweilen.

Dies ist die Stelle, an der wir uns befinden. Das Unwetter zieht auf. Bei jedem tief empfundenen Liebesakt gibt es einen kurzen Augenblick, einen ultrakurzen, wenn die Gedanken noch frei umherwandern, ja eigentlich ziemlich weit umherschweifen können, über eine flache Landschaft, über die Wolkenschatten rasch hinwegziehen, bis sich all das in der großen, im Grunde unerträglichen Tiefe verliert, bis der weiße Blitz das Ende der Reise anzeigt.

Es begann, ehe es überhaupt begonnen hatte. Erst später, im trüben Licht eines Cafés, entsann ich mich, was ich gesehen hatte: Sie hinkte. Sie musste eine ernsthafte Beschädigung an einer Hüfte haben, hatte ich gedacht.

(Nein, an einem Ganglion in der Halswirbelsäule, Cervix 7. Aber das hat sie mir erst viel später erzählt. Irgendwann im Herbst, während einer Bootstour. Mit dem Dampfschiff vom Stadshus-Kai nach Sigtuna, wenn ich mich recht erinnere.)

Ich sah ihre schlanken, schönen Beine. Sie trug ein schwarzes, gut geschnittenes Kostüm, passend zum Winter, und ihre muskulösen Beine waren deutlich sichtbar.

Als wir dann miteinander sprachen – zu guter Letzt –, merkten wir, dass wir schon die ganze Zeit miteinander geredet hatten. Aber stumm.

Es erinnerte mich stark an jemand anderen, wie sie da saß, ihr Sitzen selbst, an die Hüfte an meiner Seite. Und da gab es diese tiefe Neugier, die man eigentlich nur für einen begehrenswerten, aber unbekannten Körper empfinden kann. Es war ja keine lange Fahrt, sie dauerte vielleicht fünfzehn Minuten. Aber was da alles geschah. Wir waren noch nicht weit vorangekommen im Verkehr, als sie die Hand nahm, meine Hand, und sie zwischen ihre Beine legte, genau auf ihren Venushügel. Und meine Hand, bald an den Innenseiten ihrer Schenkel sehr aktiv, erzeugte diesen leichten, diesen leisen, flüsternden, kratzenden Laut auf den schwarzen Strumpfhosen.

Herrgott! Wir mussten ja auch an den Taxifahrer denken.

Was hätten wir tun sollen? Den Fahrer bitten umzukehren? Oder jeder in seine Richtung gehen, leicht vorgebeugt von einem neuen und unerbittlichen Schmerz, in den Hoden – die, hätte ich sie sehen können, sicherlich die berühmte tiefblaue Farbe angenommen hatten – und einer mir unbekannten Gebärmutter, die etwas Ähnliches empfinden musste.

Schließlich blieben wir einen Augenblick vor dem Gebäude stehen, in dem sich offenbar das Büro befand, zu dem sie wollte. Als Anwältin oder Klientin.

Wir vermieden es, uns in die Augen zu sehen. Ihr Gesicht war eigentlich nicht schön. Auch nicht hässlich, es hatte eine Art straffe und ernste Linienführung, wie bei einem Menschen, der oft enttäuscht worden war und sich dazu gezwungen hatte, auf vieles zu verzichten.

Der Motor lief, der Fahrer fragte. Es war nicht ganz leicht, hier anzuhalten; er musste in der zweiten Reihe parken.

– Das hier, sagte sie, ist zu gut, zu wichtig, um es zu versäumen.

– Das glaube ich auch, sagte ich. Wir fahren in ein Hotel.

– Welches Hotel?

– *Columbus*.

Es war das einzige, das mir gerade einfiel. Das *Columbus* lag in der Tjärhovsgatan. Es dauerte eine Weile, bis wir dort ankamen. Unsere Hände suchten einander unter Schweigen, begannen eine Art Miniatur der Bewegungen beim Liebesakt.

Gefahren, die vor allem Motorradfahrern drohen

In der Regel verstreicht mein Morgen auf folgende Weise: Ich sitze zeitig am Fenster. Oft schon um sechs Uhr oder früher. Ich sehe eine Mauer und davor eine Bushaltestelle. Als Erstes erscheint eine garstige alte Frau, die sorgfältig alle Gratiszeitungen aus dem Zeitungsständer an der Bushaltestelle an sich nimmt und sie in ihrem leeren Kinderwagen wegbringt. Wozu braucht sie die? Für ihre Katzen? Ich mag keine Katzen. Ich ziehe Hunde vor. Sie lügen nicht so viel.

Wie sieht die Welt oder das, was eben noch *meine* Welt war, an diesem Morgen aus? Ich stelle mir vor:

Nelly, mit der ich noch hin und wieder telefoniere, wacht im grausamen Coventry auf und weiß, dass sie an diesem Abend in einem fast unbekannten Stück in einem sehr kleinen Theater mit tiefrotem Vorhang und verschlissenen Polsterstühlen auftreten wird.

Sie schaut zwischen schweren Hotelgardinen nach draußen. Die dicken schwarzen Zöpfe liegen wie zwei dunkle Schlangen auf ihrem sehr hellen Rücken. Für einen Augenblick sehe ich vor mir, wie ich hinter ihr stehe, mich so leise nähere, dass sie mich nicht hört. Ich atme auf ihren Hals. Sie dreht langsam den Kopf: Ach, du bist es?

In der Ferne zeichnet sich die leere Hülle der Kathedrale vor einem Regenschleier ab. Ich lege die Hände auf ihre Brüste und fühle, wie die Nippel hart werden.

Und Caroline Sundborn, die Rothaarige, die Starke, siebzehn Jahre älter als ich, sie möchte ich mir nicht als Tote vorstellen. Ich will, dass sie auf irgendeine Weise mit im Bild bleibt. Ich beschließe, dass sie in Berlin im Auto in einem Stau sitzt, der sich unerträglich langsam vorwärtsbewegt und sie daran hindert, nach Tegel zu gelangen, von wo aus sie die Morgenmaschine nach Mailand nehmen will. Wo man sie braucht, um etwas zu verhindern. Eine Katastrophe. Welche Katastrophe? Das hat sie nicht erklärt.

Die meisten Beteiligten der Handlung haben keine Ahnung voneinander. Sind sie wirklich hier zu Hause, in dieser Erzählung? Und wie bin ich selbst da hineingeraten? Das ist auch nicht so leicht zu beantworten.

Aber ich bin hier. Die Erinnerungen steigen auf wie ein herannahendes Unwetter. Kommt nicht hierher! Ich will euch nicht haben! Ich bin ohne eure Mitwirkung vollständig zufrieden.

Anblicke, die ich nur schwer vergessen kann; darunter der Fischhändler, auf der Heimfahrt mit seinem leichten dreirädrigen Motorrad betrunken verunglückt. Blut und Gehirnmasse verspritzt auf dem Eis in den Fischkisten und auf den verbliebenen Fischen in der Fahrerkabine des jetzt vollständig demolierten Gefährts.

Es war schauderhaft. Wir Jungen, die wir ganz in der Nähe in der Kanalschleuse von Semla badeten, hörten das Gerücht, einem Motorradfahrer sei ganz in der Nähe etwas passiert, da oben, auf der neuen Industriestraße – der 65, wenn ich mich recht erinnere –, wir rannten also hin, wie wir waren, in Badehosen und barfüßig. Der Anblick war schier unerträglich, und einige von uns übergaben sich. Rick war schon damals dabei, und ich ahnte nicht, dass er und ich sieben oder acht Jahre später diese Fensterputzerexpedition machen würden.

Der Unfall des Fischhändlers berührte mich viel stärker als dieser andere Unfall in einer Kurve des Ängelsbergsvägen, dessen spät eintreffender Zeuge ich Jahre darauf werden sollte. Oder eigentlich kein richtiger Zeuge. Der Motorradfahrer musste im Winter geradewegs in den dichten Fichtenwald gefahren sein, in eben jenem Winter, der die Kurve so glatt werden ließ, dass es ihn hinaustrug. Bis ich ihn also fand, zum Teil in einen Ameisenhaufen verwandelt. Dass ich diesen Fremdkörper in dem üppigen Grün des Straßengrabens entdeckte, war reiner Zufall.

Aber dieser Zufall sollte für mich von großer Bedeutung sein. Ereignisse können entgegen der Wahrscheinlichkeit eintreffen. Vielleicht kommt das öfter vor, als man denkt?

Die Verführung

Tiefblaue Farbe, tiefblaue Seide – woran erinnert das? Warum ist Tiefblau so wichtig? Das weiß ich ganz genau. Diese Farbe ist eine bedeutsame Farbe. Sie hat mit etwas zu tun, das mein Leben entscheidend geprägt hat. Diese Farbe und die weiße Farbe.

Ich spreche nun von Caroline Sundborn, der Freundin und Forschungspolitikerin, die mir die Chance gab, in die Schlafforschung einzusteigen.

Ich frage mich immer noch, wer hier wen verführte. Gewöhnlich denke ich, dass ich derjenige war, aber ich bin mir dessen nicht ganz sicher.

War das zynisch? Ich weiß nicht. Dieser Besuch dauerte zwei, höchstens zweieinhalb Stunden, aber er hat viel für mein weiteres Leben entschieden. Und, wie ich vermute, eine ganze Menge auch für ihres.

Wusste sie, was geschehen würde? Sie hatte mir listig genug vorgeschlagen, bei ihr in Täby vorbeizuschauen, um ein Buch abzuholen, einen Forschungsbericht, den sie eigentlich auch in ihrer Kanzlei zur Hand hatte. Für einen hoffnungsfrohen jungen Mann war das natürlich vielversprechend, aber es galt, nicht zu viel zu erhoffen.

Ich stieg aus dem Bus, mit trockenem Mund, an einer Haltestelle gleich vor ihrer Hecke. Als ich schließlich das Eingangstor fand, gab es den Blick auf eine Villa aus den dreißiger Jahren frei. Ich musste mehrmals auf die solide Klingel an der Haustür drücken. Dann öffnete sie selbst.

Ich bemerkte, dass sie gerade dabei gewesen war, sich umzuziehen, diesmal in einem anderen Stil. Statt eines dieser dunkelblauen maßgeschneiderten Kostüme – die in ihrer eigentümlich zweideutigen Maskulinität eine doppelte Botschaft auszusenden schienen, eine erregende Mischung aus Drohung und Versprechen – trug sie jetzt einen plissierten Rock und eine Seidenbluse. Und trotz der Jahreszeit: schwarze Strümpfe. War sie schön? Eigentlich … war es nicht mehr wichtig, ob sie schön war.

Sie verschwand und kehrte dann mit dem Buch in der Hand zurück. Statt es mir zu überreichen, legte sie es auf den Sofatisch und lud mich zum Sitzen ein.

– War es schwierig hierherzufinden? Du hättest ein Taxi nehmen können.

– Es war gar nicht schwer. Die Busverbindung ist gut. Wenn man vom Hauptbahnhof kommt.

– Du meinst, du bist aus Uppsala hergefahren?

– Ich bin ein Landei.

– Ja, das bist du.

Der Ton überraschte mich. Er war, angesichts unserer unterschiedlichen sozialen und anderen Beziehungen, überraschend intim. Und gleichzeitig ironisch. Gab es – fragte ich mich – möglicherweise einen kleinen, dünnen, aber rasch sich verbreiternden Riss in ihrer breitbeinigen Sicherheit, ihrem Ton der wohlwollenden Beschützerin?

– Ich bin mit dem Fünf-Uhr-Zug gekommen.

– Aber du kommst eine Stunde zu spät.

– Oh, Entschuldigung, haben wir nicht sieben gesagt?

– Nein, wir haben sechs gesagt. Was willst du also? Meine Zeit ist nicht unbegrenzt. Ich muss zu einer Besprechung. Ich werde erwartet.

Sagte sie die Wahrheit? Eine Besprechung, das konnte ein Liebhaber sein, der Besuch bei einer uralten Tante, das konnte sogar überhaupt nichts bedeuten. Nur eine Art, mich loszuwerden. Aber man weiß ja nie bei Menschen Anfang zwanzig, würde sie viel später sagen.

– Es tut mir sehr leid.

– Das sollte es vielleicht.

Ich näherte mich ihrem Hals. Sie schien nicht im Geringsten irritiert, noch nicht. Ich kam ihr so nah, dass sie meinen Atem spüren musste. Dabei schien sie völlig mit einer dünnen Strähne ihrer Haare beschäftigt zu sein, die sie nachdenklich zwischen Daumen und Zeigefinger zwirbelte.

Ich, oder vielleicht sollte ich sagen: meine Lippen fanden eine sehr warme Stelle, genau über dem Schlüsselbein oder der *Clavicula*, wie die Gelehrten sagen. Um richtig heranzukommen, wollte ich ihren Blusenkragen ein wenig hinabschieben. Ich hatte ja bereits alle Grenzen für den normalen Umgang mit einer mir zumindest prinzipiell Vorgesetzten überschritten.

– Bitte – sei vorsichtig!

Das ließ mich innehalten.

– Es ist eine teure Bluse.

– Ich verstehe.

Ungefragt öffnete ich ein paar Knöpfe, zog den Stoff nach hinten über ihre Schultern, die so kräftig waren, wie ich es mir vorgestellt hatte, und wurde von Schwindel befallen, als ich den oberen Rand der Körbchen erreichte. Dieser Büstenhalter war von edler Art. Dunkelblau. Seide, natürlich.

Hatte sie sich also auf meinen Besuch vorbereitet? Oder trug sie immer solche Büstenhalter? Ich erriet, dass ihr Höschen von derselben Sorte sein musste, wenn der Büstenhalter diese feierliche, fast andächtige Farbe hatte. Ich spürte, wie alles Blut mein Gehirn verließ, in seinem wilden Fluss zu den Stellen, an denen es wirklich gebraucht wurde. Wenn ich hier und jetzt in Ohnmacht falle, mache ich mich lächerlich. Das war der einzige Gedanke, den ich in diesem Moment fassen konnte.

Also wärmte ich ihre Schultern, ihre *Clavicula* mit meinen Küssen, und sie schien nichts dagegen zu haben.

Das Blut kehrte in meinen Kopf zurück, und ich fühlte mich nicht mehr wie ein Eindringling oder Gewalttäter, sondern wie ein Mann, der willkommen ist. Sie half mir ein wenig bei den Haken, und ihre Nippel waren sehr dunkel. Ich umschloss den einen mit weichen Lippen und hörte sie auf eine Art jammern, die unmissverständlich war.

Ein schwacher, aber deutlicher Strom einer glasklaren Flüssigkeit aus den Tiefen ihres Nippels sagte mir, dass meine Lippen eine viel größere Wirkung ausgeübt hatten als erwartet.

Die Fortsetzung könnt ihr euch denken. Sie hatte überhaupt eine sehr strömende Lebendigkeit. Nicht nur weich und jammernd, sie konnte auch fordernd und herrisch sein:

– Du kannst es noch viel besser! Härter! Aber nicht so ruckartig! Langsamer jetzt! Nicht so schnell!

Ich umfasste ihre Hinterbacken fest und brutal. Sie gehörten zu einem muskulösen, durchtrainierten Körper mit Substanz. Der jetzt, etwas überraschend, mir zu gehören schien. Oder vielleicht auch nicht.

Ich hatte eine Aufgabe übernommen.

Es endete damit, dass ich sie bat, ins Bad gehen zu dürfen – sie kleidete sich rasch an, ich vermute, wegen dieser Besprechung –, ich fühlte, schweißgebadet, dass ich eine Dusche brauchte. Aber sie machte mir klar, dass dafür keine Zeit blieb.

– Fährst du mich?

– Nein. Du nimmst den Bus.

Es wurde, wie alle verstehen werden, der Auftakt zu etwas, das ziemlich lange währte. Was nie aufhörte, mir zu imponieren, war ihr Einfallsreichtum: ein unverschlossener und Gott sei Dank leerer Leichenschuppen bei einer ländlichen Kirche in der Gegend von Enköping, eine Höhlung in einer riesigen, sehr alten Esche in einem Naturschutzgebiet bei Ängsö in der Gegend des Mälarsees. (Ich erinnere mich immer noch daran, wie ihre etwas herben Düfte sich mit Diorissimo und dem Modergeruch des Baums vermischten – das versetzte mich natürlich in eine wahnsinnige Erregung.)

Allmählich wurde mir klar, dass dies die mir zugedachte Rolle war. *Dies war meine Aufgabe.* Im Leben von Frau Professor Sundborn war ich über ein Jahr lang die wichtigste Medizin. Das Heilmittel gegen Konkurrenten und Bremsklötze im Ministerium und bei den Reichstagsparteien, in Korridoren und auf Konferenzen, gegen schiefes Lächeln und ironisierende alte Herren, die keine Professorinnen mochten. Wir pflegten darüber zu scherzen. Mit einem unterdrückten Lachen in den Augen – glücklich, aber auch ein wenig herablassend, beschützend vielleicht – konnte sie, Caroline, über *Doktor Wassers Medizin* scherzen.

Hat sie je verstanden, dass es Doktor Wasser eigentlich

nicht gab? Dass der Doktor Wasser, der so leidenschaftlich ihren Bauch und ihre Schenkel küsste, tatsächlich weder Doktor noch Wasser war? Wir haben vielleicht nie darüber gesprochen.

Kurth Wassers Begräbnis

Moderne Autowerkstätten einzelner Marken haben neuerdings Wartebereiche, die aussehen wie Hotellobbys. Dort soll der Besitzer des Chrysler Touring 300 oder eines Cabriolets die Wartezeit verbringen, seinen Laptop mit Internetverbindung auf den Knien und eine Tasse Latte Macchiato oder Cappuccino in bequemer Reichweite. Während in der großen Werkstatt nebenan der Ölfilter ausgetauscht und die Bremsscheiben überprüft werden.

Ruhig und friedlich. Tatsächlich ein Ort zum Nachdenken. Und jetzt sollen die Winterreifen gewechselt werden. An einem Auto, das fast den ganzen Winter über unbenutzt in der Garage stand. Vom Reifenwechsel verstehe ich etwas. Aber das ist eine andere Geschichte.

Ich weiß nicht warum, aber ich fahre jetzt schon ziemlich viele Jahre BMW. Das versteht sich vielleicht von selbst. Ich bin ja Deutscher. Oder richtiger gesagt: Man glaubt, dass ich das sei. Freilich, ich bin doch ein deutscher Arzt. Geboren in Erfurt am Rand des Thüringer Walds. Während der schlimmsten DDR-Jahre in Weimar ausgebildet. Kurth Wasser, cand. med. Ende der fünfziger Jahre auf der Landstraße 256 zwischen Ängelsberg und Fagersta bei einem Motorradunfall umgekommen.

Wie passt das zusammen? fragt sich der logisch Veranlagte. Die Antwort lautet natürlich, dass es überhaupt nicht zusammenpasst. Irgendetwas muss hier schiefgelaufen sein.

Es muss einen besonderen Augenblick gegeben haben, genau jener Augenblick, in dem ich meine Entscheidung traf. Ein so seltener Augenblick, in dem der Wille *tatsächlich* frei ist. Ein Augenblick, in dem die Welt plötzlich ganz leer und weiß ist und sich der Schwindel vor dem freien Fall einfindet.

Die Versuchung war allzu groß. Die Versuchung, meinem Leben ganz einfach zu entrinnen und ein anderes zu leben. Ich entschied mich, ein anderer zu werden und Eltern und Erinnerungen und die wenigen Freunde, die ich hatte, aufzugeben. Ich entschied mich dafür, nicht weil ich mir besonders viel von dem anderen erhoffte – wer er nun gewesen sein mochte –, sondern weil die Verführung, die von der Idee ausging, einen freien Willen zu besitzen, unwiderstehlich war.

Um eine lange Geschichte abzukürzen: Ich entschied mich dafür, ein ostdeutscher Flüchtling mit medizinischem Abschluss an der Fakultät in Weimar zu werden. Da eine unerhörte Unwahrscheinlichkeit dieses alternative Leben anbot und es fast buchstäblich vor mir auf den Tisch legte, entschied ich mich dafür. Wie ein völlig unerwartetes As in einer Pokerpartie, bei der man damit gerechnet hatte, eine Niete zu ziehen.

Im leeren Raum

Wir sind also mitten in einem Liebesakt. Darin befinden wir uns. Und in *genau diesem Zustand*, wenn alles schwebt, will ich ein wenig verweilen. Nicht lange, aber eben jetzt. Nur noch ein unmessbar kurzes Stück in diesem wunderbaren Zustand zwischen den Zuständen, dieser Sommerzone, in der die Zeit stehen bleibt. Hier ist viel mehr zu entdecken, und das weiß diese Frau auch. Sie kennt mich nicht, und doch kennt sie mich genau.

Alles, was vorhanden sein soll, ist da. Hier fehlt es an nichts. Mund, Lippen, dieses struppige Körperhaar, das unter den suchenden Fingern zurückweicht, die Düfte, die vielfältig sind, einige herb, andere mild und einschmeichelnd, während ich mich vom gewöhnlichen Haar zum geheimen Haar und wieder zurück bewege, gewöhnliche Haut und gewöhnliche Hautfalten, geheime Haut und geheime Hautfalten. Langsamer, kaum wahrnehmbarer Atem, abgelöst von heftigem Atem, Speichel, der fließt, und die kleinen jammernden Laute aus ihrer Kehle unter meinen Lippen, der Mund, der für einen Augenblick streng werden kann, dieses Bittere, vielleicht metallisch Scharfe, das sich in ihre Düfte mischt. Und das mich jetzt in immer rascher aufeinanderfolgenden Wellen erreicht.

Die alten Naturforscher, die als Erste Mikroskope benutzten, müssen darüber gestaunt haben: Ab einem gewissen Grad von Vergrößerung verschwinden die Farben des Subjekts. Farbe kann es nur bis zu einem gewissen Niveau geben.

Was, wenn dies genauso für Raum und Zeit gilt?

Was meinen wir eigentlich mit Verführung? Eine Person dazu zu bringen, etwas zu wollen, das sie ohnehin will? Den Willen eines anderen zu übernehmen? In meinem Leben ist es meistens so gewesen, dass beide wollten. Und eigentlich war es nur die Frage, wer es zuerst zeigen wollte; sie oder ich.

In gewisser Weise hat mir die Verführung schon gefehlt. Sie schafft eine gesteigerte Stimmung, wie die sich verdunkelnden Wolken und die kleinen verräterischen Windwirbel kurz vor einem Gewitter. Der Übergang von bemessener Kälte zu Hitze, von formeller Höflichkeit oder formellem Desinteresse zu einem erwachenden Blick, einem Blick, der plötzlich Tiefe gewinnt – und von dort der überraschend kurze Weg zu einem feuchten, hungrigen Schoß.

Ich muss gestehen: Gut gekleidete, sehr reservierte, rund fünfundvierzigjährige Damen im Zug, gern in der ersten Klasse, von Mengen an Dokumenten und Unterlagen umgeben – solche Damen üben eine fast unerträgliche Anziehung auf mich aus.

Eine gewisse Kälte kann also verführerischer wirken als klebrige Wärme.

Wo bin ich eigentlich?

Ich bin hier und nirgendwo anders.

Von dieser »Adretten« – die gerade auf meine Hüften geklettert ist, wo ich sie unerbittlich fest im Griff habe –, von ihr weiß ich nicht viel mehr, als dass sie auf den Bus gewartet hat wie ich. Sie hat sich offenbar verspätet. Das heißt: Wir verließen die Bushaltestelle zusammen in einem Taxi und fanden mit größter Leichtigkeit das Zimmer, das wir benötigten. Sie hat sich also verspätet. Verspätet sich immer mehr. Sie wird keine Schwierigkeiten haben zu erklären, warum sie nicht rechtzeitig dort eingetroffen ist, wo man sie erwartet. In diesen Jahren des fortschreitenden Verfalls der öffentlichen Dienstleistungen ist es kein Wunder, wenn ein Bus nicht kommt.

Die Kunst, nicht nach Roskilde zu fahren

Es ist so typisch für diese Erzählung, dass sie nicht im Geringsten von einer Reise nach Roskilde berichtet, dem vornehmen dänischen Universitätsort, gelegen am Roskildefjord, dreißig Kilometer westlich von Kopenhagen.

Hier soll nicht von einem Mann erzählt werden, ehemals Generaldirektor und alles mögliche Vornehme, und was er in Roskilde zu tun hatte.

Das liegt daran, dass ich nie nach Roskilde gefahren bin. Es war vorgesehen, dass ich dorthin reisen sollte, um einen Vortrag zu halten. Über etwas *Kontroverses und Neues.*

Einige Leute hatten sicherlich vorgehabt, mir zuzuhören. Seit kurzem hielt man mich für wert, gehört zu werden. Aber daraus wurde nichts. Ich glaube auch nicht, dass jemand an meiner Stelle einen Vortrag hielt.

Ich werde auch diesmal gewinnen. Ich weiß es. Ich gewinne immer.

Ich wusste es, als ich sie sah. Sie hatte lange blonde Haare, die auf schmale Schultern fielen, als sie die rote Badekappe abstreifte. Sie trug so einen professionellen Schwimmanzug, der den Bauch bedeckt.

Ich sollte das vielleicht nicht erzählen. Aber einmal muss es ja erzählt werden.

Es war ein Tag im Oktober, mit klarer Luft und feierlich auf den Abend zuschreitenden Farben, dieser Tag, der in Norrköping endete.

Viel später fiel es mir schwer, die Gedanken an diesen Tag zu verdrängen. Und die einsame Nacht verstreicht, sie schleppt sich voran, so gut sie kann. Die Nacht mit ihren seltsamen Landschaften: Talsohlen, leicht abschüssig, wo man immerzu an dasselbe verlassene Gatter mit den drei weggeworfenen Schuhen zurückkommt, zu diesen Städten, in denen man aufs Zentrum zustrebt und fühlt, dass man in der Nähe ist, aber die richtige Avenue nicht findet kann. Die Nacht mit diesen seltsamen toten Fischen, die jemand zur allgemeinen Beschau in ein sonst pechschwarzes Schaufenster gehängt hat.

Jetzt ist es also sechs Uhr morgens. Ich wache davon auf, dass die Blumen am Schlafzimmerfenster auf eine eigentümliche Art angefangen haben, mit mir zu kommunizieren. Es hat mit einer Unruhe zu tun, die kommt und geht. Ich möchte wissen, was sie wollen. Die Blumen. Was können sie vorhaben? Es ist deutlich zu sehen, dass sie etwas wollen. Jedoch nicht genau was.

Ich kam also nach Norrköping. Aber nicht weiter. Ich verlor ganz einfach die Lust weiterzufahren. Alles erschien mir so routiniert, so eingeübt, so tödlich belanglos, dass ich einfach nicht die Kraft hatte weiterzufahren.

Es hatte wohl etwas damit zu tun, dass dieses Scheusal von Zug eine Meile vor Norrköping für eineinhalb Stunden stehen blieb. *Nasses Laub auf den Gleisen,* hieß es. Was ist das für ein absonderliches Entwicklungsland, in dem ein Eilzug eineinhalb Stunden stehen bleibt, weil sich Laub auf den Gleisen befindet? Jeden Herbst fällt Laub. Laub ist nichts Merkwürdiges. Inkompetenz irritiert mich. Das war schon immer so. Inkompetente Mitarbeiter habe ich immer gefeuert.

Diese aufgezwungene Pause ließ mir einige Zeit zum Nachdenken. Und das führte dazu, dass ich in Norrköping ausstieg. Als der Zug sich schließlich bis dorthin bewegt hatte.

Ich pfiff ganz einfach auf dieses Roskilde. Wo ich über den eigentlichen Kern, die Essenz meiner neuen Tätigkeit im Bereich der Sozialwissenschaften hätte referieren sollen. Nicht noch einmal, dachte ich.

Ja. Ich baute Imperien. Ich schuf Macht und benutzte sie. Nein, nicht in der Weltpolitik. Aber im sogenannten Pflegesektor. Ich war es, der bestimmte, wer krank war und wer gesund. Wer eingesperrt gehörte. Und wem sich die Türen wieder öffnen würden.

Es begeisterte mich eigentlich nicht, Macht auszuüben. Ich sah ja, was sie mit den anderen anstellte. Was sie mit mir anstellte, war schwieriger auszumachen.

Ich frage mich manchmal: Gibt es doch noch einen Hoffnungsschimmer? Als ich sehr jung war, hatte ich das Gefühl, es gäbe tatsächlich eine andere Welt. Ich konnte sie erleben, wenn ich den langsamen Satz, den lydischen, in Beethovens Streichquartett Opus 132 hörte. Und es gab sie in den wunderbar sich weitenden Dissonanzen der *Lohengrin*-Ouvertüre.

Ich habe wieder angefangen, Wagner zu hören. *Parsifal.* Was tut er da? Er führt die Linie in Lagen hinauf, wo die menschliche Stimme normalerweise glasklar und hart wird. Aber bei ihm wird sie das nicht. Statt glasklarer Härte – wie in Gesualdos extremsten Madrigalen, wo man hinter den Harmonien den schonungslosen Mörder ahnt, wo die Frauenstimme in Lagen aufsteigt, in denen sie dünner wird – gelingt es Wagner merkwürdigerweise, eine Art Tor zu durchschreiten, eine Öffnung.

Gibt es vielleicht doch eine andere Welt? Eine geistige? In dem Fall bin ich der, der ich bin, und ein anderer, der ich nicht bin. Aber da besteht doch gar kein Zweifel. Ich *bin* ein anderer. Das ist mein ganzes Geheimnis.

Es ist schon öfter vorgekommen, dass ich in Norrköping ausgestiegen bin. Manchmal habe ich die elegante kommunale Badeanstalt besucht. Es war keine echte Gewohnheit, aber etwas, das zuweilen vorkam, in Norrköping eine Pause einzulegen, dort in der Badeanstalt eine Stunde zu schwimmen und die Sauna zu besuchen, und dann nach Lund oder Stockholm weiterzufahren.

Es fahren ja viele Züge. Wenn nicht gerade Laub auf die Gleise fällt.

Auch auf die Bürgersteige in Norrköping war schon eine Menge Laub gefallen. Und niemand schien darauf erpicht, es zusammenzukehren.

Ich ging also in die Schwimmhalle, um die Wartezeit zwischen den Zügen zu nutzen. Denn sie war lang. Ich fühlte, dass ich es brauchte. Traf eine kühle Blondine im Badeanzug und mit Badekappe, die die Leiter aus dem Becken heraufkam. Etwas in ihren kühlen blauen Augen erinnerte mich an eine Frau, die ich einmal gekannt hatte. Ich zog ernsthaft in Erwägung, den Versuch zu machen, ein wenig mit meiner damaligen Bekannten zu plaudern. Dann fiel mir ein, dass es unmöglich die gleiche Person sein konnte. Eine, die damals fünfunddreißig war, vor zwanzig Jahren, kann nicht heute fünfunddreißig sein. Trotzdem beschloss ich, dass sie meine Lehrerin aus der Norrunda-Schule war. So, wie sie einmal ausgesehen hatte.

Ich ließ mich auf dem Liegestuhl gleich neben ihr nieder, ohne um Erlaubnis zu fragen. Sie reagierte, das spürte ich. Aber nur mit einem gewissen Interesse.

Die Richtige, die Ursprüngliche, musste jetzt eine alte Frau sein, falls sie noch am Leben war.

Ich fragte sie, ob sie oft hier schwimmen gehe.

Nein, sie komme sonst nie hierher. Sie war auf der Durchreise. Die Schaffnerin im Intercityzug hatte ihr empfohlen, auszusteigen und der Badeanstalt einen Besuch abzustatten. Hier in Norrköping.

Genau wie ich also!

Hätte ich gern gesagt, hielt mich aber im letzten Moment zurück. Das hätte sie missverstehen können, als einen allzu frechen Annäherungsversuch.

Wir kehrten zum Becken zurück. Sie war viel schneller als ich, schoss buchstäblich durchs Wasser. Vielleicht war sie wirklich eine professionelle Schwimmerin? Sie war mir bestimmt schon um zwei Längen voraus. Und wir spürten unsere gegenseitige Anwesenheit. Ganz deutlich. Der einzige andere Mensch hier, ein *älterer Herr* – aber nicht so alt wie ich –, hatte aufgegeben und ruhte müde und verschlossen auf einem der Liegestühle am Beckenrand.

Ich stieg vor ihr die Leiter hinauf und zögerte, ob ich in die Sauna weitergehen oder einen Augenblick verweilen sollte, um zu sehen, was sie unternahm. Sie setzte sich ein Stück entfernt von mir hin. Ich empfand eine intensive Lust, zu ihr hinzugehen, zwei Finger unter ihren rechten Badeanzugträger wandern zu lassen und einen Besuch an der Bar des Bades mit ihren demonstrativ aufgereihten Fitness-Getränken vorzuschlagen.

Ich gab dieser Versuchung nicht nach, die eine gekünstelte, eine theatralische Situation geschaffen hätte.

Ihre Beine schienen ein wenig blass, sie hatten nicht die solide Bräune, die man in dieser Jahreszeit von eleganten selbständigen Damen vielleicht hätte erwarten können.

Als ich mit betont federnden Schritten die Halle verließ, blickte ich mich um. Und entdeckte, dass sie mir nachschaute.

– Vielleicht sehen wir uns im Zug?

– Vielleicht.

– Wenn wir uns in unseren Kleidern wiedererkennen, sagte ich.

Sie lachte. Ja, sie lachte. Ein Lachen. So fing es an.

Und ich kam – wie gesagt – nie nach Roskilde. Ich weiß eigentlich gar nicht, ob mich dort jemand vermisste.

Der Ausbrecherkönig

Mein Vater, das heißt, der Vater von Kent Andersson, dem verschwundenen jungen Mann, hieß Stig Andersson und wurde Stickan genannt.

Im Jahr 1954 tauschte der Stickanvater ganz überraschend seinen alten zuverlässigen, aber nicht sehr schnellen Ford Anglia gegen einen ebenfalls gebrauchten Vauxhall. Vielleicht war er eine Spur schneller? Soviel ich weiß, konnte der Anglia nur für kurze Strecken und mit Rückenwind bis auf die halbkriminelle Geschwindigkeit von neunzig Stundenkilometern gebracht werden. Er war nicht so zuverlässig, aber vielleicht ein wenig schicker.

Tatsache ist, dass der Vauxhall überhaupt nicht zuverlässig war. Auffallend oft musste er zur Reparatur. Und auffallend oft war es gerade bei Stickans Besuchen in Västerås wieder soweit. Mit der Zeit wurden diese Reparaturen immer umfassender und zwangen ihn, hin und wieder zu übernachten. Bei einem Freund, der Knutte hieß. Ein Kommisskamerad und in allen Wechselfällen des Lebens großzügig und hilfsbereit. Ich brauchte nicht sehr lange, um Knuttes Geheimnis aufzudecken. Knutte war in Wirklichkeit die Dame aus dem Kurzwarenladen beim Sundinska-Haus.

Die eigentümlich regelmäßigen Autoreparaturen erweckten natürlich unvermeidlich den Argwohn meiner Mutter. Da half es nichts, dass der Stickanvater zu erklären versuchte, britische Autos hätten ihre sehr speziellen Eigenheiten. War der Ford Anglia nicht auch ein englisches Auto, genauso wie der Vauxhall? Und bei dem hatte es nie einen solchen sonderbar regelmäßigen Reparaturbedarf gegeben.

Das führte natürlich zu einer neuen Taktik. Der Junge – also ich – brauche Anregungen, hieß es. Er könne nicht all die hellen Nachmittage der Schulferien in der Tischlerei und der Werkstatt mit verschiedenen Erfindungen und Science-Fiction-Magazinen rumhängen. Und im Übrigen auch nicht zu anderen Zeiten.

Wenn man schon nach Västerås fahren musste – obwohl es im Umkreis diverse Werkstätten gab –, konnte man genauso gut den Jungen mitnehmen.

Und so geschah es. Üblicherweise wurde ich am Markt zu Kaffee und Plundergebäck eingeladen und gebeten, dort zu warten oder herumzuspazieren, während Stickan einige absolut notwendige Besorgungen machte. Woanders. Natürlich strolchte ich herum. Ich entdeckte, dass der Fischmarkt unten am Rathaus nicht nur einmal in der Woche stattfand. Dorthin kamen auch Gaukler und verschiedenste Artisten, die ihre Zelte aufschlugen und ihre Künste vorführten.

Stickan kam auf die Idee, mich zu solchen Veranstaltungen mitzunehmen, sofern sie jugendfrei waren. Wenn ich tief genug in die Welt der Künste eingetaucht war, pflegte Stickan in der Pause zu verschwinden und mich dort zurückzulassen, versunken in einem Meer von neuen Sensationen und Erlebnissen – um erst wiederzukommen, wenn die Vorstellung zu Ende war und das Publikum in die kühler werdende Septem bernacht hinausströmte, wo eine Schar aufgeschreckter Stockenten aus der Stille des öligen, träge dahinfließenden Svartån aufrauschte, der hier seine letzte Biegung vor der Mündung in den Alten Hafen machte, nachdem er den Schatten des Schlosses passiert hatte.

Nach und nach entwickelten sich diese Reisen zu richtigen Ereignissen. Fräulein Simmerling – eine entfernte Verwandte von Stickans verstorbenem Onkel, hieß es – wurde in die Konditorei eingeladen, bevor es für Stickan und mich an der Zeit war, an der einen oder anderen Veranstaltung im Varietézelt unten am Fischmarkt teilzunehmen. Fräulein Simmerling war – wie mein Vater Stickan – mager und dünn. Sie hatte lange dunkle Haare, die ihr in einer eleganten Locke in die Stirn fielen. Diese Locke verbarg eine kleine dreieckige Narbe über dem rechten Auge. Das war offenbar so beabsichtigt, da Fräulein Simmerling sie oft nachdenklich an ihren Platz zurückschob. Ihr Busen machte nicht viel her, er war ziemlich flach, aber sehr fest – falls ihn nicht ein straffer Büstenhalter an seinem Platz hielt. Nachdem ich meine erste Neugier gestillt hatte, sah ich ein, dass diese Person für mich nicht besonders wichtig war. Ich verspürte keine Eifersucht. Aber sie hatte ein lautes Lachen, das ich irgendwie als Herausforderung empfand – ich weiß nicht wieso.

Es fühlte sich wie eine Erleichterung an, in das nach Sägespänen riechende Varietézelt zu kommen, wo ein herausgeputzter Kartenabreißer unsere Billette entgegennahm. Und so tat, als würde er genauestens prüfen, ob ich bereits alt genug war, um den Hypnotiseur bei seinem Auftritt zu sehen.

Hier gab es also den Hypnotiseur, ferner einen Gentleman, der sich unsichtbar machen konnte, und einen starken Mann, der in der Lage war, das Telefonbuch mit einem raschen Griff in zwei Teile zu reißen. Und es gab den Ausbrecherkönig, einen Mann, der sorgfältig mit dicken Ketten umwickelt wurde, die man mit soliden Vorhängeschlössern versah. Das Licht im Zuschauerraum erlosch. Und als es wieder aufflammte, stand der Mann frei und gesund und aufrecht da.

Außerdem gab es an bestimmten Markttagen im Freien einen sagenhaften Mann, der sich aus einer sehr großen Kanone herausschießen ließ und in einem riesigen Fischernetz auf der anderen Seite des Marktes landete. Es hieß, er habe ursprünglich darauf bestanden, direkt über den Fluss geschossen zu werden, genau hier, an seiner breitesten Stelle – was die Behörden der Stadt jedoch vorsorglich verboten hatten. Vielleicht war es eine Lüge? Vielleicht wagte er ihn nicht, diesen, den größten Sprung?

Die Motorradfahrer, die auf einer unmöglichen kreisförmigen Bahn an den Wänden einer großen Tonne herumrasten, ihr Publikum in eine Wolke von Abgasen und höllischem Lärm hüllend, gefielen mir überhaupt nicht. Und der sogenannte unsichtbare Mann, das Produkt einer trüben Beleuchtung und geschickt aufgestellter Spiegel, wirkte ziemlich artifiziell – aber das soll Kunst ja wohl sein.

Der Athlet, der mit bloßen Händen das Telefonbuch von Stockholm zerriss und Hundertkilogewichte hob, als wären es hundert Gramm, machte einen ziemlich primitiven Eindruck. Sein mit Schlangen und Drachen tätowierter Oberkörper schien ein Eigenleben zu führen, wenn der Mann seine gewaltigen Muskeln spielen ließ. Das einzig Interessante an ihm war seine Assistentin: eine dünne kleine Frau, wie aus einer orientalischen Seidenspinnerei geholt, mit schrägen Augen und dem schwarz glänzenden Haar der Han-Chinesen, in einem sehr kurzen Rock und weißen Netzstrümpfen. Ihr Anblick warf viele Fragen auf: Wo hatte der Grobian dieses zarte Geschöpf aufgegabelt? Sollte man nicht eine ernsthafte Anstrengung machen, die Sklavin aus den Händen dieses Kerls zu befreien? Aber da er stark war, furchtbar stark, musste dieses Vorhaben mit List ausgeführt werden. Eine gewaltsame Lösung war ausgeschlossen. Aber wie sollte diese List aussehen?

Auffallend an diesen teils wunderbaren, teils erschreckenden Künstlern, Virtuosen des Varietétheaters aus Stockholm und Hamburg, waren ihre begabten Assistentinnen, die ihnen auf jede erdenkliche Art zu Diensten standen. Ganz unterschiedliche Typen.

Am bemerkenswertesten war vielleicht die Gehilfin des Hypnotiseurs. Sie war hochgewachsen und hatte eine prachtvolle Figur, mit kräftigen Beinen und sehr deutlich sichtbaren Brüsten unter einer dünnen Musselinbluse. Ihre Augen waren so stark umschattet, dass sie an eine ägyptische Prinzessin erinnerte, ein Eindruck, der von ihrer schwarzen Pagenfrisur noch verstärkt wurde. War sie tatsächlich eine ägyptische Prinzessin? Oder vielleicht – etwas wahrscheinlicher – eine Osiris-Priesterin, eigens für diesen undurchsichtigen Zweck aus ihrer Mumienhülle erweckt, um auserwählte Västerås-Bewohner in hypnotischen Schlaf zu versetzen? Und ihnen im Dunkel dieses hypnotischen Schlafs irgendetwas zu rauben, von dem sie vielleicht nie bemerken würden, dass sie es verloren hatten?

Und dann war da also der Ausbrecherkönig, ein großer, schmaler Mann mit einem Körper, der tatsächlich etwas Schlangenhaftes hatte. Seinen eleganten Schnurrbart mochte er sich von dem einen oder anderen populären Filmstar abgeschaut haben. Er trat in einem etwas abgeschabten Frack auf, mit weißer Weste und Fliege. Kurzum, ein Gentleman. Und einer, der sich nicht für längere Zeit einsperren ließ. Eigens zu diesem Zweck durften Zuschauer auf die Bühne kommen, worauf sie sich – wie es aussah – mit größtem Vergnügen einließen. Ja, vielleicht sogar etwas zu enthusiastisch. Es weckt seltsame Wünsche bei anderen Menschen, wenn man sich schutzlos macht.

Dieser Gentleman begnügte sich nicht mit einer Assistentin. Er hatte zwei. Und sie hätten Zwillinge sein können. Sie trugen die gleiche kecke Uniform mit kurzen, sehr kurzen Röcken, Jacken mit Revers und Posamenterien, wie man sie noch bei den Kartenabreißern in feineren Kinos fand. Ihre schwarz glänzenden Strümpfe – allem Anschein nach hatte man ihnen das wertvolle, neumodische und höchst attraktive Nylon gegönnt – endeten in hochhackigen purpurroten Schuhen.

Sie halfen den Auserwählten willig beim Anlegen der Ketten, die dem Schutzlosen um Brust und Arme gewickelt wurden. Seine Beine wurden mit abschließbaren Fußfesseln versehen, durch eine Kette verbunden. Wie sollte er sich daraus jemals befreien können? Den Assistentinnen schien – was ganz sicher gespielt war – jede Art von Mitgefühl mit ihrem Chef zu fehlen. Vielmehr meinte man bei diesen Gehilfinnen eine gewisse, sehr diskret angedeutete, aber trotzdem sichtbare Schadenfreude zu erkennen. An den Ketten und Fesseln wurden nach und nach Vorhängeschlösser angebracht, die Schlüssel in einem Ring gesammelt, und der eifrigste der bestellten Helfer, ein rotgesichtiger älterer Herr, wurde damit betraut, diesen Schlüsselbund bis auf Weiteres zu behalten und ihn auf keinen Fall weiterzugeben, an wen auch immer. Was er fest versprach.

Der Gentleman im Frack, jetzt von all diesen Ketten und

Fesseln bis zur Plimsoll-Marke beladen, hätte eigentlich wie ein nach Luft schnappender Fisch aussehen müssen. Aber das tat er nicht. Er bemühte sich vielmehr, keine Miene zu verziehen. Sein Gesicht drückte dieselbe stille Genügsamkeit, ja, einen Einklang mit dem Leben aus, wie man ihn gewöhnlich nur bei Menschen findet, die vor dem Fotografen posieren. Auf Hochzeitsfotos oder weil sie gerade befördert, promoviert oder ernannt worden sind – zu was auch immer.

Und jetzt, zu einem Trommelwirbel aus dem Lautsprechersystem, der sicher genau zu diesem Zweck aufgenommen worden war, wurde das Licht gelöscht. Im Zuschauerraum wurde es totenstill. Der eine oder andere Bengel weiter hinten nutzte die Gelegenheit, seine Freundin an der Stelle zu berühren, die er sonst kaum zu berühren gewagt hätte. Die Dunkelheit währte nicht lange, aber jedenfalls lange genug.

Und als das Licht wieder anging, stand er da an der Rampe und verbeugte sich, der Ausbrecherkönig. Keine Spur von Ketten mehr, keine Fesseln. Derselbe souveräne, freie Gentleman, der er offenbar imstande gewesen war zu bleiben.

Selbstverständlich konnte ich mich nur mit einem einzigen dieser Künstler und Helden vom Fischmarkt identifizieren: mit ihm. Dem Mann, den keine Fesseln halten konnten.

Mit der Dame – wenn man so sagen darf – in der Konditorei verhielt es sich folgendermaßen: Sie hieß wie gesagt Cecilia Simmerling. Ich habe schon angedeutet, dass sie ein bisschen zart wirkte, vielleicht sogar zerbrechlich. Ehrlich gesagt konnte ich überhaupt nicht verstehen, was an ihr so Besonderes war, dass sie meinen Vater dazu bringen konnte, sie nahezu jede Woche zu besuchen. Und zwar unter immer weiter hergeholten und abstruseren Vorwänden. Sie lachte viel und oft, sprach aber selten mit mir. Meist tat sie das in Form von Fragen. Und ich muss sagen, dass diese ziemlich überraschend waren. Wo man möglicherweise erwartet hätte, dass sie sagte:

Geht es gut in der Schule?

oder etwas Ähnliches, zum Beispiel:

Na, wie gefällt dir Västerås?

stellte sie stattdessen Fragen wie:

Was habt ihr für Schmetterlinge da oben im Norden? Habt ihr Bläulinge?

Das verwirrte mich. Es fiel mir nicht leicht zu begreifen, woher sie dieses Interesse hatte. Vielleicht von ihrem Vater? Sie musste ja einen Vater haben. Was meinen Vater angeht, fiel es mir sehr schwer, mir auszudenken, was er eigentlich trieb. Und ich versuchte es mit allen zähen Kräften der Seele zu vermeiden, mir meinen Vater in einer *intimen* Situation mit ihr vorzustellen. Wozu ich natürlich trotzdem neigte.

Das Ganze war genauso schnell vorbei, wie es angefangen hatte. Plötzlich war Schluss mit den Reparaturfahrten – das Auto lief wie ein Uhrwerk – und den triumphalen Kunstereignissen in Västerås. Auf dem Fischmarkt. Warum? Erst viele Jahre später würde ich es begreifen.

Die Geschichte mit dem Bootsmotor

Hier ist noch etwas, wovon ich glaube, dass es von Bedeutung war. Ein Sommergast, Ingenieur Lundblad, fragte mich, ob ich seinen alten Bootsmotor mit zur Müllkippe nehmen könnte. Um ihn mit anderem Schrott zu entsorgen. Damals, in den fünfziger Jahren, nahm man es nicht so genau mit der Mülltrennung, aber die Sommergäste – zumindest die etwas *feineren* Leute, nicht die aus Hallsta und Sura, aber die, die aus Stockholm oder Västerås kamen – mochten die herkömmliche Methode der Häusler nicht, alte Schlitten und verrostete Fahrräder und Werkzeuge einfach in den Wald zu werfen. Der Västeråser, der Ingenieur, wollte also, dass ich den Motor mitnahm. Zur Müllkippe.

Ich hatte ihm geholfen, das Boot an Land zu ziehen, das auch alt war, aus dunkel gewordenem Mahagoni, vom Schwamm befallen und ziemlich schwer. Aber mit dem Traktor war es kein Problem, dieses Boot an Land zu ziehen. Die Kunst bestand darin, es umzudrehen. Ich war stark genug, schon sechzehn. Lundblad fand anschließend, ich hätte einen guten Job gemacht.

Ich untersuchte den Motor daheim in der Werkstatt des Stickanvaters. Er war fast abgestorben. Aber nicht ganz tot.

– Manchmal startet er und läuft für eine kurze Weile, höchstens ein paar Minuten. Vielleicht. Aber er ist zu nichts zu gebrauchen. Sagte der Ingenieur über den Bootsmotor. In der nächsten Saison – falls ich noch am Leben bin – kaufe ich vielleicht einen neuen. Einen Archimedes. Einen Evinrude, mit mindestens sechs PS.

Nach dem Essen brachte ich ihn in unsere große Küche, breitete unter Mutters milden Protesten Zeitungen auf dem Boden aus und machte mich daran, den Motor auseinanderzunehmen. Er war wirklich in einem erbärmlichen Zustand. Seit Jahren hatte ihn offenbar niemand gereinigt. Altes, zu Pech gewordenes Schmieröl, Rostflecke, eine Zündkerze, die aussah, als hätte man sie in Asphalt getaucht.

Es war harte Arbeit. Als ich den Motor mithilfe von Vaters Steckschlüsselsatz – den ich eigentlich nicht benutzen durfte – auseinandergenommen, gereinigt und überprüft hatte, dass das Innere des Zylinders tatsächlich sauber und blank war, begann ich ihn wieder zusammenzusetzen. Dabei entdeckte ich, dass einer der Bolzen fehlte. Ich hob die Zeitungen auf, suchte unter dem Flickenteppich, spähte unter die Leiste am Spülstein. Nirgends dieser Bolzen! Und dabei war es ein wichtiger. Einer von denen, die den Zylinderdeckel am Zylinder festhielten.

Hatte ich ihn unterwegs verloren? Fehlte er vielleicht schon, als ich den Motor auf die Ladefläche des Traktors warf? Oder hatte er sich bereits gelöst, als Lundblad den Motor benutzte?

Mit einer Taschenlampe begab ich mich in die Werkstatt hinaus und fing an, nach dem Bolzen zu suchen. Vater und ich hatten viele Eigenschaften gemeinsam: unter anderem Geiz und Ordnungssinn. Nur selten kaufte er Schrauben oder Bolzen. Er hob die alten Schrauben auf und sortierte sie nach Länge und Dicke und Gewinde in verschiedenen Glasgefäßen. Die Bolzen lagen in Blechdosen mit Aufschriften und Bildern, viele Erinnerungen an Weihnachtsfeste und Geburtstage von einst.

Ich fischte ein paar nach Augenmaß heraus. Es war nicht ganz leicht. Diejenigen, deren Länge und Durchmesser zu passen schienen, waren nicht aus dem richtigen Material. Schlechte Legierungen – Metall –, wie man sagt, taugten hier nicht.

Nach längerem Prüfen und Drehen und Wenden blieb nur einer übrig. Ich trug ihn rasch durch den immer dichteren Regen, hatte ihn fest in der Faust, als wäre er eine Kostbarkeit (was er tatsächlich war), und entdeckte bald etwas sehr Ärgerliches. Der Bolzen, stark genug für seine Aufgabe, ein hervorragender Bolzen aus rostfreiem Stahl, der in einem von Vaters Werkzeugen gesteckt haben musste, war lang genug. Aber leider war es so, dass er nicht den richtigen Durchmesser hatte. Mein Augenmaß hatte mich kaum getäuscht. Der Unterschied war minimal. Winzig. Man konnte ihn nicht sehen, aber man konnte ihn fühlen. Der Bolzen sperrte sich. Vielleicht war es eine Frage von ein paar hundertstel Millimetern. Der Bootsmotor war von einer englischen Marke, der Bolzen stammte aus der alten, soliden Bolzenfabrik in Hallstahammar, in der mein Großvater gearbeitet hatte. Es gab also eine simple Erklärung: Das Loch war in Bruchteilen von englischen Zoll gebohrt, und der Bolzen, in Hallstahammar hergestellt, vier schwedische Meilen südlich von hier, nach begreiflichem Millimetermaß gefertigt.

Das eine ging nicht in dem anderen auf. In einem reiferen Alter wäre ich vielleicht nicht so erstaunt gewesen; fast nichts geht restlos im anderen auf. Alle Messungen sind ungefähr.

Hat das Jahr wirklich dreihundertfünfundsechzig Tage? Wohl kaum. Die Umlaufzeit ändert sich von Jahr zu Jahr ein wenig. Beträgt die Körpertemperatur des Menschen siebenunddreißig Grad? Nicht bei allen Menschen. Währt eine Schwangerschaft neun Monate?

Ich aber wollte diesen Bolzen da reinkriegen. Er stand zwischen mir und etwas, das ich mir schon lange gewünscht hatte: einen richtigen Außenbordmotor, um ihn an Großvaters altem, braun geteerten, schweren Kahn anzubringen, eigentlich ein Flößerkahn aus Ramnäs, aus dem, während ich dies schreibe, seit langem stillgelegten Sägewerk.

Dieser Motor sollte mich an jene Stellen bringen, wo sich die großen, schweren Zander aufhalten und es viel zu zeitraubend und anstrengend ist zu rudern: Svartviken, Bolandet und all die anderen Zanderparadiese.

Unter Mutters zunehmender Unruhe, die in einen ihrer regelmäßig wiederkehrenden Wutausbrüche überzugehen drohte, legte ich den ganzen Zylinder auf ein Blech in den Backofen und stellte ihn auf hundertfünfzig Grad. Den Bolzen aber legte ich ganz hinten ins Gefrierfach des Kühlschranks.

Es war ein Wettkampf zwischen den Gesetzen der Physik und Mutters unbändigem Temperament. Ich glaube nicht, dass sie verstand, womit ich mich da beschäftigte, aber irgendwie muss sie geahnt haben, dass es wichtiger war, als es aussah.

Mit ihren ziemlich angesengten und strapazierten Ofenhandschuhen nahm ich den Zylinder heraus. Es zischte auf den Zeitungen auf dem Boden. Den Bolzen anzufassen, der jetzt einige Grade unter Null hatte, fühlte sich auch nicht besonders angenehm an. Aber hinein ging er, ohne den geringsten Widerstand, und das war das Wichtige. Aber das

Merkwürdigste war: Als die Teile sich erholt und wieder eine gemeinsame Temperatur angenommen hatten, blieben sie Freunde. Es liefen keine Risse durch das Material.

Einige Sommer lang fuhr ich mithilfe dieses Motors in dem alten Flößerkahn herum.

Vater konnte es nicht lassen, davon zu erzählen. Die Geschichte machte im Dorf die Runde. Die Leute fanden sie interessant. Der eine oder andere tat es mir vielleicht nach.

Für mich war es eine wichtige Erfahrung. Es ging um mehr als nur darum, einen Motor und einen schweren alten Kahn in Gang zu bringen. Ich hatte erkannt, dass ich intelligent war. Ich dachte viel darüber nach, wie ich dieses Talent würde nutzen können. Damit war ich ziemlich allein. Dort, auf der anderen Seite des Sees.

Ich war also intelligent. Das war ja fein. Ich hatte es schon immer vermutet. Es mochte nützlich sein zu wissen, dass es sich so verhielt.

Der Hund aus Karbenning

Und dann dieses Seminar draußen in der Wissenschaftsakademie. Dort geschah etwas, was früher oder später ohnehin geschehen musste. Im Laufe der Jahre habe ich gelernt, solche Episoden ganz gut zu meistern, muss ich sagen. Aber ich hatte das Gefühl, dass es mit jedem Mal etwas schwieriger wurde.

Gott, welch einen großen Teil meines Lebens habe ich damit verbracht, mir die Ansichten anderer anzuhören! So viele Stunden in Konferenzräumen mit dem Geruch von Putzmitteln in der Nase oder Kreide an abgenutzten Tafeln, früher schwarz und grün, heute Whiteboards, und alle gleich willig, Dummheiten mit derselben Leichtigkeit hinzunehmen wie Klugheiten.

Ganz zu schweigen von den eleganten Kongressräumen, wo die aufwendigeren Veranstaltungen stattfinden, hier und in den Nachbarländern. Und je üppiger – das hatte ich tatsächlich gelernt –, umso mehr Grund gab es, sich zu fragen, wer das bezahlt hat.

Ich glaube, im Kreise der Akademie hätte ich den Mund nicht aufmachen können, ohne die eine oder andere wissenschaftliche Ansicht zu äußern. Und ich überlegte gerade, ob ich nicht einen Tag früher nach Hause fahren sollte, als ich Nisse Eklund in der Lobby traf. Ich wusste, dass er anwesend war, er stand im Programm, man erwartete, dass er über ein Thema sprechen würde, mit dem er sich als populärer Vortragender und Schriftsteller einen Namen gemacht hatte: die Verwunderung über das Universum.

Eklund ist Professor der Astrophysik und hat bestimmt massenweise wissenschaftliche Aufsätze von der Art publiziert, wie ich sie nicht lese. Es ist nicht so, dass ich ihn direkt gemieden hätte. Aber ich hatte Grund, vor ihm auf der Hut zu sein. Immer, wenn ich Kameraden aus Kärrbo und Karbenning und dem Umland da oben treffe, werde ich übertrieben wachsam.

Eventuell weiß er Dinge über mich, von denen ich nicht sicher bin, ob es mir gefällt, dass er sie weiß. Es ist komisch, aber wir waren tatsächlich ein paar Jahre Schulkameraden, in der Volksschule zu Hause in Karbenning. Ich erinnere mich an seine dunklen Haare, wie er schräg vor mir im Klassenzimmer saß. Der Schnellste bei allen Rechenarten, mit massenhaft abgegriffenen Kålles-Rekord-Magazinen zu Hause auf dem Dachboden seiner Eltern – wegen der Science-Fiction-Erzählungen. Dann zog die Familie weg, ich glaube, nach Köping. Der Vater, den ich als sehr nett in Erinnerung habe, war Malermeister. Die Mutter mischte immer Walnüsse in ihre Apfeltarte. Das macht einen großen Unterschied.

Ich meine: ob man Walnüsse dazugibt oder nicht.

Ich habe keine Ahnung, wie viel Nisse Eklund eigentlich über mich weiß.

Er hätte ja leicht darauf kommen können, mir verzwickte Fragen zu stellen. Zum Beispiel:

– Du hast jetzt einen deutschen Namen?

– Ja freilich, ich habe ihn angenommen.

Diese Reaktion habe ich seit ewigen Zeiten eingeübt, und in

den seltenen Fällen, in denen sie zur Anwendung kam, hat sie bisher nie ihre Wirkung verfehlt.

Diesmal schienen die Sicherheitsmaßnahmen ziemlich unbegründet. Nisse Eklund war offensichtlich erfreut, mich zu sehen. Und viel mehr daran interessiert, über unseren alten Werklehrer Lars Fredin aus Ennora zu reden. Vermutlich lag es daran, dass er ihm Science-Fiction-Bücher geliehen hatte, H. G. Wells und Jules Verne und was man zu dieser Zeit kriegen konnte. Vielleicht wäre Nisse Eklund ohne ihn nie Professor der Astrophysik geworden. Jedenfalls war es Fredin und kein anderer, der uns zum Lesen brachte. Dass er ein hervorragender Fachlehrer war, der uns alle möglichen Finessen beibringen konnte – über Fugen und Zapfen und Nieten –, versteht sich fast von selbst.

Eklund also, von diesem Symposium genauso gelangweilt wie ich selbst, ergriff das Wort und sagte:

– Na, wie lebt die Welt mit dir?

Nicht selten, wenn ich Menschen treffe, die mich aus meiner Kindheit kennen, pflege ich ganz natürlich aufzutreten. In der Gewissheit, dass sie sich nicht interessiert genug zeigen, um zu merken, dass etwas nicht stimmt.

Ach, man ist ja pensioniert. Mit einer guten Pension, ich war gegen Ende sogar Generaldirektor. Aber jetzt bin ich Pensionär. Wohne in Södermalm und langweile mich. Aber nicht die ganze Zeit. Und du?

– Es wird noch ein populärwissenschaftliches Buch geben, denke ich.

– Über das Universum?

– Eigentlich über die Zeit. Oder wie soll ich sagen? *Zeit und Zeiterleben* soll es heißen.

– Und was kann man darüber sagen?

– Dass die physikalische Zeit und die erlebte Zeit eigentlich nichts, buchstäblich *nichts*, miteinander zu tun haben. Denk dir einen Augenblick, nein, sagen wir einen kurzen Zeitraum – sagen wir eine hundertstel Sekunde, oder lass es eine Stunde sein, draußen in der Dunkelheit zwischen den Galaxien.

– Jaha?

– Und dann einen anderen Augenblick, zehntausend Jahre später. Glaubst du, es gäbe die geringste Möglichkeit, sie zu unterscheiden?

– Darüber habe ich nie nachgedacht.

– Der Inhalt der Zeit, sagte Nisse Eklund, ist etwas, das wir erfinden. Das wir hinzufügen.

Ich entschied, dass Nisse Eklund sich für mich eigentlich nur als Zuhörer interessierte und es vollständig ungefährlich war, mit ihm zu plaudern.

Er hatte verschiedene faszinierende Ideen. Eine davon, die mich total fesselte, beschäftigte sich mit *Wanderern.* Wanderer sind Planeten, die aus ihrem Sonnensystem herausgerissen wurden und in den galaktischen Gezeiten weiterwandern, still, allen Sonnenlichts beraubt, in einer Dunkelheit, tiefer als die Kellerdunkelheit. Auch in der Nacht ist unsere Welt voll von reflektiertem Sonnenlicht. Da draußen ist es natürlich viel dunkler. Aber in kurzen Perioden, vielleicht für einen Augenblick oder länger, mehrere Jahre, kann ein Wanderer vom Licht eines Sterns angestrahlt werden.

– Kann ein Wanderer von einem neuen Sonnensystem eingefangen werden? Und sozusagen wieder sesshaft werden?

Eklund war sich dessen nicht ganz sicher. Aber mit dieser Vorstellung von diesen dunklen, kalten Kugeln auf einem vollständig sinnlosen Weg durch die interstellare Dunkelheit konnte ich mich nur schwer abfinden.

Nisse Eklund hatte eine Menge Merkwürdigkeiten in seinem Repertoire, etwa einen Planeten, der zur Gänze von einem Meer flüssigen Eisens bedeckt ist, oder einen, dessen gesamte Oberfläche aus kristallisierter Kohle besteht. Mit anderen Worten: ein Diamant.

Wir waren gerade auf dem Weg zu einem weiteren Vortrag, der mich nicht sonderlich interessierte, als Nisse ziemlich überraschend, im ruhigsten Ton der Welt, sagte:

Erinnerst du dich, wie oft wir über Science-Fiction geredet haben? Wir haben oft Zeitschriften getauscht. Wie war das noch? Du warst ja eine Art Flüchtling, Flüchtlingskind, nicht wahr?

– Wieso?

– Nun, du hast ja jetzt einen deutschen Namen. Aber vorher warst du Kent. Kent Andersson, so war es doch? Hast du deinen Namen geändert?

– Adoption. Aber darüber möchte ich nicht groß reden. Jedenfalls nicht im Moment.

– Ach so. Ich verstehe.

Und mir kam in den Sinn, wie oft dieses »Ich verstehe« tatsächlich sein Gegenteil bedeutet.

Dann gingen wir hinein, um einen Vortrag über ein Thema zu hören, mit dem keiner von uns beiden sich besonders gut auskannte. Wie viele Arten von Gehirnen es gibt. Diagnostizierte Krankheiten mit zahlreichen Buchstaben. Eine, die dazu führt, dass der Patient viele Stunden lang Beeren sammeln kann, ohne sich zu langweilen. Aber ist das wirklich eine Krankheit, die man heilen muss? Oder – was der Redner meinte – ist es nicht eher so, dass wir akzeptieren müssen, dass verschiedene Menschen tatsächlich sehr verschiedene Arten von Gehirnen haben?

Ein Besuch in Norrköping

Ich frage mich, womit sie sich eigentlich in Roskilde beschäftigt haben. Solche interdisziplinären Seminare können interessant sein.

Wie ich ja schon erzählt habe, verpasste ich das Seminar in Roskilde, weil der Zug nicht vom Fleck kam und ich es dann vorzog, ein paar Stunden in der Schwimmhalle von Norrköping zu verbringen, um tags darauf nach Stockholm zurückzukehren – nach einem entsprechend unruhigen Schlaf in einem dieser modernen schwedischen Hotels, in denen es kaum einen Menschen gab, der sich um die Gäste kümmerte, nur einen unbeholfenen Azubi an der Rezeption, der erklärte, ab fünf Uhr nachmittags müsse man die Haustür selbst aufschließen. Aber ich fand immerhin Gesellschaft. Eine zutiefst erregende. Ich verspürte eine Anziehung. Und wenn ich das sage, meine ich es, diesen tiefen, intensiven Kontakt, bei dem man sich nicht täuschen kann, ebenso wenig, wie man sich bei Zahnschmerzen täuschen kann.

Natürlich trafen wir uns am nächsten Morgen im Zug. Sie war jetzt selbstverständlich angezogen, ja, sie war elegant, in einem Herbstkostüm aus dunkelgrauer Wolle, mit schwarzen Strümpfen und einer offensichtlich teuren Bluse. Aber ohne Mantel, den man ihr hätte abnehmen und aufhängen können.

Sie wollte in Fahrtrichtung sitzen, und ich ließ mich ihr gegenüber nieder. Ein Zusteigender, so ein typischer Zusteigender mit dem leeren Dorschblick, den man ja bei Zusteigenden schon gewöhnt ist, nahm auf dem Sitz neben uns Platz. Was mich ärgerte.

Es hinderte mich jedoch in keiner Weise daran, ihr etwas zu erzählen. Erzählen war das Einzige, was ich in diesem Moment tun konnte. Und während ich ihre Knie zwischen meinen beiden hielt – der Zugestiegene sollte ruhig aus dem Fenster schauen, was er auch ausgiebig tat –, erzählte ich:

– Mein Vater nahm es mit der Wahrheit nicht immer ganz genau. Er war ein inspirierter Lügner.

Neuigkeiten von der Karelischen Landzunge

Eigentlich waren wir im Anderssonschen Kreis schon immer ziemlich gewiefte Lügner. Der Stickanvater – Stickan durfte man ihn nicht nennen – nahm es also mit der Wahrheit nicht immer ganz genau.

Er hatte zahlreiche Geschichten auf Lager, die er unermüdlich zum Besten gab. Eine davon handelte vom finnischen Winterkrieg. Er hatte sich, als Finnland im Jahr 1939 von der Sowjetunion überfallen wurde, als Finnland-Freiwilliger gemeldet und an den furchtbaren Schlachten auf der Karelischen Landzunge im Winter 1940 teilgenommen.

In vielen spannenden Episoden ging es darum: nächtliche Überfälle auf russische Kommandoschutzräume, entsetzliche Kälte, russische Panzer, in letzter Sekunde aufgehaltene Panzerfäuste deutschen Fabrikats, abgehackte Hände, im Wald lose herumliegende russische Köpfe, und wie es in diesem Wrack ausgesehen hatte, hinterher – er geizte nicht mit Einzelheiten –, und schließlich, was er geantwortet hatte, als der finnische Marschall ihn bei einem Frontbesuch gefragt hatte, ob er Angst hätte. Auch das hatte er erzählt. Und vieles mehr.

Der Bericht über den finnischen Winterkrieg wurde mit den

Jahren immer ausführlicher, immer grausiger, je mehr Stickan seine Erinnerungen entfaltete. Und plante, in welcher Reihenfolge die Dinge erzählt werden sollten. Um auch wirklich zu ihrem Recht zu kommen.

Als er in den Vorstand des Wegevereins aufgenommen wurde, hatte er eine richtige Glanzzeit mit dieser Geschichte vom Winterkrieg. Die anderen in dem Verein waren sozusagen etwas feinere Leute – das Gebiet, in dem vor einigen Jahren vor allem Pensionäre gewohnt hatten, hatte eine neue Generation von Sommergästen angelockt, die sehr viel mehr als die vorherige bezahlte –, es waren Ingenieure und Werkmeister und irgendein Berater, der den Menschen beibringen sollte, miteinander zu kommunizieren. Sowie eine sehr hübsche und knackige Kassiererin, mit der Vater etwas anfing.

Und das war nicht ganz unproblematisch. Da sich ein wenig später herausstellte, dass Geld aus der Kasse verschwunden war – ziemlich viel Geld, für einen ziemlich kleinen Verein. Und dass es kaum jemand anders als die Kassiererin gewesen sein konnte, die es entwendet hatte.

Inwiefern Stickan im Bilde war, weiß ich nicht. Aber einige hatten den Verdacht.

Jedenfalls gab es einen großen Aufstand, und es wurde ein neuer Wirtschaftsprüfer einbestellt, der, im Gegensatz zu den beiden früheren Schafsköpfen, ein richtig professioneller Wirtschaftsprüfer war, einer aus einer Kanzlei. Ein etwas älterer Mann. Aber mit einer strammen Haltung.

Was geschieht? Ich fragte die blonde Frau: Kannst du es erraten? Sie hatte es bereits erraten.

Stickan stellt sich vor, sie sprechen über das Wetter und den Schneesturm, der bedauerlicherweise die Kassiererin daran gehindert hat, aus Stockholm, wo sie etwas zu erledigen hat, zu der Genossenschaft zu kommen. Sie sprechen auch über das Wetter, über extreme Wetterlagen, über Unwetter und Kälte.

Und gleich ist Stickan natürlich wieder bei der Karelischen Landzunge. Oh, wie interessant, sagt der Wirtschaftsprüfer mit rasch geweckten Interesse. Wirklich interessant. Wer war Ihr Kompaniechef? Es war wohl Leutnant Adlerbeth, sagt Stickan. Nein, Adlerbeth kann es nicht gewesen sein. Bielke hieß er wohl. Das ist ja lustig, da war ich auch. Unter den Freiwilligen.

Nun könnte man meinen, dass wir vor der großen theatralischen Enthüllung stehen. Aber ganz und gar nicht! Der Wirtschaftsprüfer stellt immer neue Fragen, die Stickan natürlich nicht beantworten kann. Doch der Wirtschaftsprüfer ist so glücklich, endlich einen der alten Veteranen getroffen zu haben, dass er sie selbst beantwortet. Sie vertiefen sich derartig in den heroischen Kampf auf der Karelischen Landzunge, dass sie darüber fast vergessen, dass es hier eine außerordentliche Vorstandssitzung geben soll, mit dem Ziel, Unregelmäßigkeiten in der Buchführung des Vereins aufzudecken.

Es waren sozusagen zwei Einsame, die einander gefunden hatten. Und vielleicht alle beide Lügner. Das ist ja nicht ausgeschlossen.

Und die Kassiererin? Einem Gerücht zufolge soll man sie in Valletta auf Malta gesehen haben, und einem anderen Gerücht zufolge soll sie mit einem reichen Typen in Lausanne aufgetaucht sein. Lausanne war ja damals sehr beliebt.

Ich hielt jetzt die Knie der blonden Frau zwischen den meinen immer fester umklammert, während ich erzählte, und der Zugestiegene starrte weiter aus dem Fenster. Ich konnte die leichte Rauheit ihrer schwarzen Strümpfe durch den Stoff meiner Hose hindurch fühlen.

Sie lachte. Ich erklärte ihr, dass es eigentümlich leicht sei, Leute dazu zu bringen, Lügen zu akzeptieren. Tatsächlich helfen sie einem gern dabei. Man braucht nicht einmal alles selbst zu erfinden, das ist das Seltsame.

Ich glaube, sie sah ein, dass sie sich entschieden hatte. Für einen Aufenthalt. Das hatte ich auch.

Die Lehrerin, die zurückblickte

Von der ersten Schulstunde an war mir klar, dass ich sie beeindrucken musste. Die Studienrätin Kristina Viklund. Auf welche Art auch immer. Bis dahin hatte ich bei den meisten Matheproben ein leeres Blatt abgeliefert. Ich mochte die Lehrer nicht, und ich fand, dass die Aufgaben kränkend für den gesunden Menschenverstand waren. Wenn es zehn Minuten braucht, eine Badewanne zu leeren, wie lange dauert es dann bei zwölf Badewannen? Wenn ein Mann zehn Minuten braucht, um über einen See zu rudern, hätte ich gern gefragt, wie lang brauchen dann *hundert Männer*?

Sie schien eine recht stille Natur zu sein. Ihre Brüste waren nicht sehr entwickelt, aber sie sahen fest aus unter ihrem Wollpullover. Sie hatte schöne blonde Haare, die vermutlich ziemlich lang waren. Schön? Oder fand ich sie bloß damals, als ich noch ein anderer war und einen anderen Namen und ein anderes Leben hatte, schön? Sind blonde Haare banal?

Wir hatten sie als Aushilfslehrerin in Mathe und Englisch. Drei Monate blieb Kristina Viklund. Ich hätte so gern die blonden Haare offen gesehen. An manchen Tagen waren sie zu einem kompakten, glänzenden Knoten im Nacken geschlungen. Und dann, an einem anderen Tag und ohne besonderen Anlass, trug sie plötzlich Zöpfe.

Von meinem Platz aus, ziemlich weit hinten, hatte ich sie unter sorgfältiger Beobachtung. Manchmal wurden die Wollpullis gewechselt. Gelegentlich, besonders an Freitagen, erschien sie in einer sorgfältig gebügelten schwarzen Seidenbluse. Fuhr sie vielleicht jemanden besuchen? Ohne den geringsten Grund stellte ich mir vor, dass sie einen Liebhaber in Uppsala hatte. Einen, der noch an der Universität studierte. In meiner jugendlichen Phantasie wollte ich diesen mir unbekannten Mann einerseits töten, andererseits an seiner Stelle sein. Meine Hand glitt tastend und forschend unter ihren Blusenkragen und weiter bis zum Träger des Büstenhalters. Doch manchmal war da gar kein Büstenhalter. Bemerkte sie meine Aufmerksamkeit, die mich größtenteils daran hinderte, ihren Erklärungen am Katheder und an der schwarzen Tafel zu folgen?

In einer Gleichung kann man im Prinzip tun, was man will, subtrahieren, addieren, multiplizieren und dividieren. Aber nur unter einer Bedingung: dass man auf beiden Seiten des Gleichheitszeichens dasselbe macht. Das hatte für mich einen sehr erotischen Klang, obwohl meine Erfahrungen auf diesem Gebiet dürftig waren. Ich glaube, sie sah mich nicht. Was sie von meinen mathematischen Talenten hielt, habe ich nie herausgefunden, da sie vor dem Ende des Schulhalbjahrs verschwand und ihren Platz wieder dem graubleichen kleinen Herman Sandberg überließ, der nach einer Magengeschwür-Operation aus dem Krankenhaus zurückkehrte.

An einem Tag Anfang März traf ich sie an einem anderen Ort: an der Bushaltestelle. Sie trug einen langen schwarzen Mantel und einen Seidenschal um den Kopf. Zuerst dachte ich, sie würde mich nicht erkennen. Dann tat sie es offenbar.

– Wie komisch, sagte ich. Fünf Vauxhalls hintereinander.

Ist das nicht kolossal unwahrscheinlich? Wie ein Hauptgewinn im Lotto.

Ich muss erklären: Der Vauxhall war eine der importierten englischen Automarken, die es damals, in den fünfziger Jahren, in Schweden gab. Woran ich mich außerdem erinnere, ist der Ford Anglia, ein angenehmes kleines, kastenförmiges Auto, das es bei Steigungen kaum auf mehr als achtzig Stundenkilometer brachte. Mein Vater arbeitete sich, wie gesagt, von einem Anglia zu einem Vauxhall hoch. Diese Marken waren damals ziemlich verbreitet.

– Aber fünf hintereinander?

– Wahrscheinlichkeiten sind ziemlich knifflig, sagte Kristina Viklund. Die meisten haben keine Ahnung, wie man sie berechnet.

– Die Leute gehen am liebsten genau zu dem Tabakkiosk, der einmal das große Los verkauft hat, sagte ich, glücklich darüber, dass ich endlich eine Art Gespräch in Gang gebracht hatte. Ist doch klar, dass das unvernünftig ist.

– Die Wahrscheinlichkeit, dass das Auto, das vorbeikommt, ein Vauxhall ist, hat natürlich damit zu tun, wie viele Vauxhalls auf den Straßen unterwegs sind. Und wie groß der Anteil an Vauxhalls an allen Autos im Land ist. Doch das weiß man nicht so ohne Weiteres.

– Aber fünf hintereinander? Ist das nicht sehr unwahrscheinlich?

Zum ersten Mal in diesem Schulhalbjahr *sah* sie mich wirklich. Ich schaute tief in ihre kühlen blauen Augen und hatte das schwindelerregende Gefühl, dass ich in diesen kühlen Wassern ertrinken wollte.

Für einen Moment wurde es still.

– Das kommt darauf an. Wenn es einen Zusammenhang

gibt, den wir nur nicht sehen, ist es nicht so unwahrscheinlich. Es kann ja sein, dass ein Autohändler gerade seinen Bestand verlegt. Angenommen, in Schweden gibt es fünftausend Vauxhalls. Dann wäre die Wahrscheinlichkeit fünf zu tausend. Wenn wir von der Unwahrscheinlichkeit absehen, dass gerade hier einer auftaucht, auf dem platten Land, statt auf der Kungsgatan in Stockholm.

– Aber wenn gerade keine Autofirma umzieht?

Fast ohne es zu bemerken, war ich jetzt viel näher an sie herangetreten. Obwohl der Verkehr an einem solchen Frühlingstag in den fünfziger Jahren keineswegs so ohrenbetäubend war, dass dies nötig gewesen wäre. Eigentlich. Aber ich hatte noch nie so nah neben ihr gestanden.

– Wenn es keinen Zusammenhang gibt und es sich nicht um ein Ereignis handelt, sondern um fünf verschiedene, dann musst du die Nenner multiplizieren. Das ergibt eine große Zahl. Und du siehst: Es wird kolossal unwahrscheinlich.

In diesem Moment kam der Bus.

– Wohin fährst du?

– Nach Hause.

– Wo ist dein Zuhause?

– In Karbenning. Und wohin fährt das Fräulein?

– Zum Bahnhof von Avesta.

Sie sah natürlich ein, dass es sehr unhöflich gewesen wäre, sich in einiger Entfernung von mir hinzusetzen. Also setzten wir uns nebeneinander. Ziemlich weit hinten, aber nicht in die letzte Reihe. Gott sei Dank war keiner meiner Schulkameraden mit eingestiegen. Sie waren schon früher gefahren. Ich war an diesem Tag verspätet, weil ich noch ein bisschen länger bei dem Werklehrer, Lars Fredin, gearbeitet hatte.

– Wenn die Wahrscheinlichkeit so kolossal klein ist, darf

man wohl annehmen, dass sie doch irgendwie zusammengehörten. Diese Vauxhalls.

So ganz aus der Nähe betrachtet waren ihre Lippen absolut faszinierend. Als ich in Karbenning ausstieg, um den Weg hinauf zu Vaters Hof und Werkstatt zu gehen, sah ich, dass sie mir nachschaute. Da bekam ich, während ich aus dem Bus stieg, eine Erektion, die es schwer machte, die ersten Meter des Heimwegs zu bewältigen.

Ich habe sie nie wiedergesehen. Aber wie ich schon erwähnt habe, suche ich sie hier und da.

Der Wieder-
gefundene

So war es also gewesen.

An einem Morgen im Mai jenes Jahres, auf dem langen Weg von Karbenning zur Arbeit in der Reifenwerkstatt draußen in Björklunden, meinte ich, etwas Seltsames zu sehen. Halb verborgen hinter den hohen Büschen, unterhalb des Hangs in einer scharfen Kurve. Ich bremste mein brutal getuntes Moped ab, hielt an und ging die wenigen, aber entscheidenden Schritte die Böschung hinunter, um nachzusehen. Es waren Schritte, die mein Leben veränderten. Sie fühlten sich schon damals wichtig an, als ich sie tat.

Es gab deutliche Spuren, etwas oder jemand hatte die Rinde von ein paar Bäumen zerschrammt. Und dort im Schatten zeichnete sich etwas Eigentümliches ab. Dass es bislang keiner entdeckt hatte, lag wohl daran, dass an dieser Stelle alle so damit beschäftigt sind, die Kurve zu meistern.

In der Verlängerung dieser schwierigsten Kurve auf der lebensgefährlich gewundenen Straße zwischen Ängelsberg und Fagersta fand ich inmitten der Frühlingsblumen einen von Ameisen und anderen Insekten halb aufgefressenen Motorradfahrer, einschließlich Lederkluft und Motorrad. Er musste einen ganzen Vorfrühling, einen Sommer und einen Winter lang da gelegen haben. Die Lederjacke war intakt, aber darunter hatte sich das meiste in einen Ameisenhaufen verwandelt, aus dem hier und da dunkle Rippenfragmente ragten. Auch in den Augenhöhlen, seit langem von Vögeln ausgepickt, gingen Ameisen aus und ein.

So ist es, wenn man Ameisen im Kopf hat, dachte ich.

Tatsächlich war es der Kandidat der Medizin, Kurth W. Wasser, der mir Ameisen in den Kopf setzte. Ich sah mich um. Und stellte fest, dass der Morgen noch genauso leer und feierlich war wie gerade eben, als ich in dieser Kurve angehalten hatte.

Den Pass und die anderen Papiere des Mannes aus ihrer wasserdichten Tasche im Lederkoffer herauszufischen war die Sache eines Augenblicks. Aber ich dachte nicht im Geringsten daran, sie dafür zu benutzen, um Persönlichkeit und Leben mit ihm zu tauschen.

Das kam später.

Hat das Leben einen Sinn? Was sollte dieser Vorfall bedeuten? Dass es dafür eine *Verwendung* gibt, wie für einen Steckschlüssel oder eine Wasserwaage? Oder eine Übersetzung, wie für eine komische, unbegreifliche Passage in einem Buch? Oder ähnelte er einer sonderbaren mathematischen Gleichung, die überhaupt nicht aufzugehen scheint?

Nein, einen Sinn hat das Leben nicht. Aber man kann ihm einen Sinn geben. Vielleicht war es das, was ich tat.

Wie Leben entsteht

Wie wurde dieser Bo Kent Andersson zu Kurth Wolfgang Wasser? Im Ernst. Ja, das ist eine Geschichte für sich.

Jetzt noch nicht, aber später einmal werde ich sie erzählen. Vielleicht einer meiner Eroberungen im Bett? Oder einer Fremden im Zug? So ganz nebenbei. Als gehörte sie zu einer Art Glücksspiel. Schon wieder ein Preisausschreiben?

Die Lehrer hatten es nicht ganz leicht mit mir. Denn sie verstanden nicht, was für eine Person ich war. Die meisten gingen davon aus, dass ich dumm war. Gewöhnlich erwarteten sie sich nicht besonders viel von diesen Typen aus den Dörfern an der Peripherie – die waldnahen Dörfer, pflegte der Direktor zu sagen, einsam gelegene Häuslerkaten und Höfe, manchmal mit kleinen Autowerkstätten, die jetzt, fünfzig Jahre später, verlassen oder in Sommerhäuser umgewandelt sind –, die zu Fuß kamen oder mit dem Fahrrad oder bestenfalls mit dem Linienbus. Schulbusse waren damals, in den fünfziger Jahren, ja eine Seltenheit.

Ich werfe ihnen das nicht vor. Ich habe nicht viel dafür getan, um das Gegenteil zu beweisen. Nein, ich behielt es für mich, dass ich ziemlich intelligent war. Vielleicht würde ich es bei Gelegenheit ja brauchen können.

Jedenfalls haben sie es in der Schule nicht erkannt.

Wenn die Wahrheit ans Licht soll – warum soll die Wahrheit eigentlich ans Licht, sie ist doch selbst fast immer nur eine Lüge? –, sie mochten mich dort nicht besonders. Weder die Kameraden noch die Lehrer.

Ich kann meinerseits auch nicht behaupten, dass ich sie besonders gemocht hätte. Ich lernte ziemlich früh, dass es sich nicht lohnte, mit ihnen zu reden – über das, was ich sah, oder das, was ich dachte. Versuchte man es, konnte man sicher sein, es würde Ärger geben.

Aber ich muss sagen, ich hatte mit meinen Schulkameraden nicht so viele Schwierigkeiten wie mit den Lehrern, die einander in rascher Folge ablösten. Solange ich noch dort war, in der Schule. Mit den Kameraden konnte man sich ja prügeln.

Für gewöhnlich fiel es mir ziemlich leicht, mich zu verteidigen. Vor allem weil ich früh begriff, dass man sich überhaupt nicht verteidigen soll. Man soll stattdessen angreifen. Das hat eine viel bessere Wirkung.

Nach einigen anfänglichen Episoden auf dem Schulhof ließ man mich in Ruhe. Ich galt als ziemlich gefährlich. Und zudem als unberechenbar. Ich zögerte nicht, einen in den Finger zu beißen, bis der Betreffende vor Schmerz schrie. Ich zielte auf die Augen. Ich trat in den Schritt. Ich machte sehr deutlich klar, dass ich meine eigene Gesellschaft jeder anderen vorzog.

Mit den Lehrern war es nicht besser als mit den Kameraden. Die meisten, aber es gab Ausnahmen, mochten mich nicht. Warum, wussten sie wohl selbst nicht. Und ich ebenso wenig. Ich habe keine besonderen Eigenschaften. Keine besonderen äußeren Merkmale. Ich weiß, dass ich ziemlich einzigartig bin, aber das, was mich einzigartig macht, ist an der Oberfläche nicht zu erkennen. Doch die Lehrer hatten eine Art –

Intuition. Ich brachte sie dazu, sich unsicher zu fühlen. Es war, als ahnten sie, dass ich selbst nicht genau darüber Bescheid wusste, wer ich war.

Sie taten alles, um mich zu triezen. Und ich machte es ihnen nicht besonders schwer. Ich rauchte auf der Toilette. Eigentlich vor allem, um den Gestank zu ertragen. Aber das konnten sie ja nicht wissen. Es freute sie so sehr, dass sie jemanden fanden, der auf der Toilette rauchte. Ihre dämlichen Matheaufgaben gab ich entweder unbearbeitet ab oder mit fertigen Lösungen, ohne zu erklären, wie ich darauf gekommen war.

Die Schule war ein hässliches gelblich-grünes Gebäude, das am südlichen Ortsrand lag. Es hieß, es sei in den Tagen der Spanischen Grippe eine Art Seuchenkrankenhaus gewesen. Ich frage mich, ob das wahr sein konnte oder ob es nur eine Geschichte war, die sie uns auftischten. Fest steht, dass es in der Nähe tatsächlich einen Friedhof aus jener Zeit gab. Wo die Toten des größten Seuchenausbruchs der Moderne, der Spanischen Grippe – jener Pandemie, die Ende des Jahres 1918 ausbrach und mit einer fürchterlichen Geschwindigkeit unter der meist mangelernährten Bevölkerung wütete –, begraben wurden und wo sie wohl noch immer an einem überwucherten Platz oben im Wald liegen.

Wie gesagt: ein ziemlich hässliches Gebäude am Ortsrand. Wobei der Rand nicht weit entfernt lag, da der Ort so klein war. Das Gebäude stand im Schatten großer Linden, mitgenommen von den Schulhofspielen der Kinder, die Toiletten im Keller roch man im ganzen Haus, vermutlich wegen eines Schadens an den Abflussleitungen, und die Steintreppen waren so abgetreten von den Stiefeln vieler Generationen, dass die Stufen aussahen, als würden sie sich nach innen krümmen.

Dass ich dort mit der Zeit trotzdem Freunde und Einfluss

gewann, lag daran, dass ich darauf kam, wie man Mopeds reparierte.

Es war Lars Fredin, der Werklehrer, der für mich ein Freund und eine Ausnahme unter den Lehrern wurde. Eigentlich war er der Einzige, an den ich mich hielt. Er mag damals um die vierzig, vielleicht fünfundvierzig gewesen sein, abgearbeitet, hager und mit schütterem Haar. Er trug eine dieser schmalen Brillen mit Drahtgestell, von der gleichen Art, wie man sie beim Militär bekam. Und er achtete sorgfältig darauf, dass man die Augen schützte, wenn man bohrte und drechselte. Ziemlich schnell merkte er, dass ich mich nicht nach den üblichen Zeichnungen richten wollte.

Er soll die Schule ein paar Jahre nach mir verlassen haben. Was dann aus ihm wurde, weiß ich nicht so genau. Eine Weile wohnte er in einem Häuschen unten am Åmänningen und hatte ein paar Bienenkörbe. Das weiß ich. Aber das ist auch schon alles.

Lars Fredin lehrte mich zu tischlern, Stuhlbeine und Kerzenhalter und Schachfiguren zu drechseln. Er lehrte mich, in Zapfen zu bohren und zu schneiden, sodass wacklige alte Stühle wieder auf ihren Beinen stehen konnten. Wir hatten den Auftrag, hilflose alte Stühle und Bänke einzusammeln. Er brachte mir die verschiedenen Verbände bei: Fischgrat, Block-Verband und wie sie alle heißen. Bisher gehörte das Wort Verband für mich nur zu Mullbinden in Badezimmerschränken und im Kies aufgeschürften blutenden Knien.

Aber hier, in Fredins Werkraum, war ein Verband etwas ganz anderes, etwas Festes und Dauerhaftes, worauf man sich verlassen konnte. Vor allem etwas, das Präzision erforderte. Zapfen, die exakt in die Löcher passen sollten, Zinken mit all der Genauigkeit gesägt, die die alte Fügemaschine verloren hatte, weil allzu eifrige Schulkinder sie versehentlich verschlissen hatten. Sie war dazu übergegangen, nicht mehr genau zu sein.

Es galt, ordentlich zu messen. Und wenn man die Maße mit dem ovalen, roten Schreinerstift markiert hatte, sich daran zu halten.

Wie viel es doch gibt, was man für selbstverständlich nimmt!

Zum Beispiel, dass die Norrunda-Schule eine ganz gewöhnliche Schule war. Ich frage mich, ob sie das wirklich war. Warum sollte sie das gewesen sein?

Es war auch der Werklehrer, der mein Interesse für Science-Fiction weckte. Er borgte mir ein paar Nummern eines merkwürdigen Magazins, in dem man nicht nur von Raumfahrten lesen konnte, sondern auch von Zeitreisen, von seltsamen Maschinen, die niemand im Traum hätte erfinden können. Und Geschichten von merkwürdigen verschwundenen Kulturen, die möglicherweise viel mehr gewusst hatten als wir. Aber worüber?

Es waren die Zeitreisen, die mich am meisten interessierten. Die Möglichkeit, in der Zeit zurückzugehen, reizte zu vielen abenteuerlichen Gedankenexperimenten: in unzähligen Kopien zu sich selbst zurückzukehren, in Kompagnie- oder vielleicht Bataillonsstärke; oder die etwas subtilere Variante: fünf oder fünfzehn Minuten zurückzugehen und einfach mit seinem früheren Ich den Platz zu tauschen. Und den Stellvertreter auf ganz neue Wege zu schicken. Wäre das nicht eine ziemlich raffinierte Art, nicht nur sein Leben zu ändern, sondern auch die Spuren der Ereignisse zu tilgen? Der einzige Zeuge wäre ja verschwunden. Merkwürdigkeiten, die leere graue Stunden füllten und die Welt etwas interessanter aussehen ließen als die schmutzgraue Wirklichkeit, die uns umgab.

Ich hätte gern Physik und Mathe studiert und wäre wie die Helden in meinen Science-Fiction-Erzählungen geworden: gut unterrichtet über Galaxien und Galaxienhaufen, Neutronensterne und vernichtende Gammastrahlen, die das Sonnensystem auslöschen konnten, über Gravitationswellen, die die gesamte Galaxie vernichten konnten, Riesenplaneten und Himmelskörper, auf denen der Winter dreiunddreißig Jahre lang währte und der Sommer zwanzig, weil sie so weit von der Erde entfernt kreisten. Mit solchen Dingen, dachte ich, hätte ich mich in Physik beschäftigen können. Und in Chemie hätte ich merkwürdige Verbindungen erfunden, die tödliche Krankheiten heilen, und lebensgefährliche Gifte, die es mir erleichtern würden, mich meiner Feinde diskret zu entledigen.

Ich glaube, wenn ich tatsächlich auf diesen Zweig der Rudbeckianska-Schule in Västerås gekommen wäre – das war mein Ziel –, hätte ich leicht enttäuscht werden können.

Stattdessen hieß es, in Björklunden Reifen zu wechseln.

Die Idee, dass ich dort einen Job annehmen sollte, stammte von Onkel Sune. Er arbeitete da draußen in der Nachbarwerkstatt, bei *Jannes Autoelektrotechnik*, und nahm mich an einem regengrauen Junitag gleich nach der Schulabschlussfeier mit. Diese Reifenwerkstatt hatten sie für mich ausgesucht. Von Jannes Werkstatt meinten sie hingegen, sie läge zu weit über meinem Horizont. Ich hatte keine Lust, Onkel Sune oder irgendjemand anderen darüber aufzuklären, auf welchem Niveau mein Horizont sich tatsächlich befand.

Es ist anzunehmen, dass es dort früher Birken gab. Einen ernsten, stillen, poetischen Hain mit hohen hellen Bäumen, wo das Licht sanft durch keusche Wipfel sickerte. Ein friedvoller Ort abseits der großen Straße nach Trummelsberg. Vielleicht hätte dieser Ort einen Poeten gebraucht. Einen ruhigen und feinen jungen Mann, der den Nieselregen auf seine kühle Stirn unter blonden Haarfransen fallen ließ und auf eine Eingebung wartete.

Was mir dabei vorschwebt, ist wohl Fröding und sein Hain, in dem der Kuckuck rief, draußen bei Alster in Värmland, ein vergessener Flecken an der Landstraße nach Karlstad.

Vielleicht war der Birkenhain ein solcher Hain gewesen.

So war es heute nicht mehr. Jetzt stand dort keine einzige Birke. Seit den ersten Nachkriegsjahren war der Birkenhain ein Industriegebiet. Vermutlich. Jedenfalls fielen einem nicht Birken als Erstes ins Auge, sondern all die flachen, platten, eigentümlich farblosen Gebäude mit diesen kleinen Betrieben. *Jannes Autoelektrotechnik* und *Bosses Kipp*, der ausschließlich Müllwägen und ihre Kippvorrichtungen reparierte, was großen Teilen dieses Gebiets einen besonderen Geruch verlieh.

Überhaupt war dieses Björklunden voller Laute und Düfte. Der Geruch von vulkanisierten Autoreifen, der aus *Roffes Reifen und Felgen* drang, war ein anderer. Und dann gab es noch die Bratendünste aus dem Lokal *Il Destino,* mit seinen Kartoffelpuffern, Kohlaufläufen und dem Bauernfrühstück mit Ei. Der Besitzer und seine Frau waren allerdings keine Italiener, trotz des italienischen Namens. Gott weiß, woher sie kamen. Serbien, sagte jemand. Exotisch waren die Gerichte nicht, aber die meisten aus dieser Gegend aßen dort zu Mittag, wenn sie nicht vorausschauend genug gewesen waren, Proviantdosen von zu Hause mitzunehmen.

Roffe von *Roffes Reifen und Felgen* musterte mich und überlegte, ob ich stark genug wäre, die schweren, unförmigen Lastwagenreifen zu heben. Tags darauf fing ich an. Es war eine sehr kleine Reifenwerkstatt, aber sie hatte zahlreiche Kunden.

Es war doch nicht so schwer, wie ich anfangs gedacht hatte, als ich schließlich loslegte. Wären da nicht die Frühlingsblumen und dieser tote Motorradfahrer gewesen, mein unbekannter Freund, wäre es wohl ziemlich lange dabei geblieben.

Wenn ich jetzt daran zurückdenke, kam ich eigentlich recht gut mit dem Chef und den Jungs in Björklunden klar. Roffe, still und mager und mit einer immer ungeputzten Brille mit notdürftig geflicktem Gestell, war genau die Art von Chef, von dem ich Befehle entgegennehmen konnte.

Es war eine Mannschaft, die funktionierte und in der alle versuchten, ordentliche Arbeit zu leisten, und das kann ich nicht von allen Arbeitsgruppen behaupten, die ich in meinem Leben gesehen habe. Der totale Mangel an Ambitionen schuf eine Atmosphäre, wie ich sie in der akademischen Welt nie erlebt habe. Eine Gruppe, die von sieben Uhr morgens bis fünf Uhr nachmittags und manchmal viel länger daran arbeitete, Reifen zu wechseln und zu montieren, für eine teils Schlange stehende und ungeduldig wartende Kundschaft, hatte keine Zeit für Rangordnungen. Und es gierte auch keiner nach Lob.

Sie akzeptierten ziemlich bald, dass ich es nicht schaffte, die schwersten Lastwagenreifen zu heben, und den Gabelstapler dafür benötigte, während sie mit bloßen Händen zurechtkamen. Es war, wie es war. Aber es gab etwas anderes, was sie erstaunte. Ich konnte die Dinge in Ordnung halten. Das klingt nicht wie etwas Besonderes, sagt ihr. Aber das kommt ganz darauf an, wie man es sieht.

An einem Ort wie Björklunden gibt es viel, was in Ordnung gehalten werden muss. Dreißig verschiedene Arten von Reifen oder viel mehr, wenn man die Winterreifen dazuzählt. Und dann die unterschiedlichen Kleinteile: Bolzen und Bolzenschlösser, Schlossringe, Sperren und Schrauben. Zudem natürlich all die abgelieferten Reifen der Kunden in Regalen in einem speziellen Magazin, das ein Unglück für die ganze Gegend wäre, würde es zu brennen anfangen. Man muss sich nur die Rauchentwicklung vorstellen. Da gab es Hunderte von Reifen, immer ordentlich in Vierergruppen geordnet, Winterreifen im Sommer und Sommerreifen im Winter. Roffe hatte selbstverständlich ein besonderes System, um die Reifen ihren Besitzern zuzuordnen; sorgfältig beschriftete Etiketten an jedem Fach, mit einem Buchstaben und einer Zahl. Das System hatte er, glaube ich, selbst erfunden. Außerdem waren alle Informationen in einem Ordner gesammelt. Der lag auf dem Tisch im Büro, dessen Wachstuch Spuren von verlorenen Kippen trug, zwischen den selten gespülten Kaffeetassen.

Nach ein paar Tagen fand Roffe heraus, dass ich diesen Ordner nicht benötigte. Wenn ich wusste, wer was brauchte, ging ich es holen. Und genauso war es mit den Bolzen und den Schlossringen in allen Kalibern und Formaten, die dort alle in ihren kleinen Apothekenschubfächern lagen, an der südlichen Wand der Werkstatt.

– Wie machst du das? fragte Bernt.

– Ich behalte in Erinnerung, wo sie liegen, sagte ich.

Bernt, ein etwas langsamer Kerl, der Eishockey spielte und schon mit einem Mädchen aus Surahammar verheiratet war, schien verblüfft zu sein.

Ich hatte nie darüber nachgedacht. Für mich war es selbstverständlich, dass man sich an die Dinge erinnerte. Es war immer so gewesen, und ich hatte tatsächlich stets geglaubt, dass die anderen Menschen genauso beschaffen waren. Wenn ich die Augen schloss, konnte ich in Vaters Schuppen zu Hause in Karbenning herumgehen und vor mir sehen, wo jedes Werkzeug an der Wand hing, in welchen von all den alten Pillendosen die verschiedenen Muttern und Reißzwecken verwahrt wurden. Es war ein Gemälde, nur dass das Bild in der Erinnerung drei Dimensionen hatte und ich in ihm herumgehen und mich umschauen und drehen und wenden konnte. Meine Bilder.

So etwas heißt – wie alle Gebildeten wissen – eidetisches Gedächtnis. Und kann mehr oder weniger ausgeprägt sein. Bei mir ist es stärker vorhanden. Aber vor dem Job in Björklunden hatte ich das als selbstverständlich genommen. Die Kollegen meinten, es sei etwas Besonderes. Und ich begann, mich selbst ein bisschen mehr dafür zu interessieren. An den Abenden, wenn ich nicht einschlafen konnte und die masturbatorischen Zerstreuungen schon abgeschlossen waren, konnte ich daliegen und mich in den Schlaf wiegen, indem ich in verschiedenen Räumen, die ich besucht hatte, ein und aus ging. Das Experiment hatte natürlich seine Grenzen. Man konnte nicht in einen Raum hineinsehen, den man nie betreten hatte. Oder konnte man das?

Ich probierte es. Ich ging in meiner eidetischen Welt die Kellertreppe der Schule hinunter, bis zu dieser verschlossenen Tür gegenüber dem Eingang zum Pissoir. Hatte der frühere Direktor dort seine Apparaturen für Selbstgebranntes verwahrt? Die immer dann weggeworfen wurden, wenn die Polizei kam? Das war zu vermuten. Oder standen sie immer noch dort drinnen? Statt in der Erinnerung an der Tür umzukehren – sie war aus mittlerweile grau gewordenen, ungehobelten Planken mit diagonalen Querbalken zusammengeschreinert –, bleibe ich in der Erinnerung dort stehen. Gleich neben dem Querbalken in der Mitte befanden sich zwei gebohrte Löcher. Vielleicht für die Lüftung? Oder weil jemand hatte hineinschauen wollen?

Hier war ich immer stehengeblieben. Aber was würde geschehen, wenn ich versuchen würde weiterzugehen? Würde ich auf eine Art Nebel stoßen, eine Art Schleier der Unwissenheit, oder würde es vor meinem inneren Auge nur schwarz werden? Was sehen die Blinden? Eine Dunkelheit?

Oder sehen sie, dass sie gar nichts sehen?

Manche fallen tief ineinander

Hier ist die richtige Stelle, um innezuhalten. Gerade jetzt will ich euch nicht von hier fortführen. Also denke ich an etwas anderes, solange ich denken kann.

An den Wächter des heiligen Hains der Diana. Dieser Wächter – Priester und Krieger, am Strand des Nemisjön – spazierte Tag und Nacht um einen zentralen Baum herum, in der Hand ein gezogenes Schwert. Wen erwartete er? Seinen Nachfolger, den Diana-Priester und Krieger, der ihn töten und sein Amt übernehmen sollte, bis dieser selbst ein Opfer seines Nachfolgers werden würde. Denn so war es in dieser Gegend Brauch.

Der Herrscher und der Diener bei der keuschesten und vielleicht deshalb – gefährlichsten aller Göttinnen.

Der Weg
zur Wissenschaft

Diese Werkstatt in Björklunden war eine Episode in meinem Leben, die leicht hätte eine größere Form annehmen und sich ausdehnen und ihre nasse Decke über die Zeit bis zur Pensionierung hätte breiten können.

Wie kam ich zur Wissenschaft?

Nun, das kann ich erklären. Ein Typ kommt mit einem Kastenwagen angerattert. Und biegt vor der Werkstatt ein, dass der Kies nur so raucht. Das war ja nichts Sensationelles. Es war einer meiner früheren Schulkameraden, Trixen, wie wir ihn im Schulhof nannten. Ich weiß nicht genau warum. Vielleicht weil er sich durchs Leben trickste oder weil er Ture Risberg hieß.

Nun zierte den Wagen, an dem die Sommerreifen montiert werden sollten – gut einen Monat später als gesetzlich vorgeschrieben –, der Firmennamen *Ricks Fensterreinigung* in elegant verschnörkelten Buchstaben. Ich überlegte, wer das für ihn entworfen hatte und wie viel es gekostet haben mochte. Bestimmt gar nichts. Wie ich mich aus der Schulzeit an Ture erinnere, war er recht geschickt darin, Dinge zu tauschen. Gegen andere Dinge.

Ob sich das lohne, fragte ich.

– Es läuft wie geschmiert, sagte Rick, wie er sich mittlerweile offenbar nannte.

Aber jetzt gab es ein Problem. Der Kumpel, mit dem er die Werkstatt führte, war einberufen worden. Zum Militär. Ein paar Jahre verspätet. Und von allen verdammten Orten ausgerechnet nach Gotland.

Ob ich Lust hätte einzuspringen? Nur für ungefähr ein halbes Jahr.

Es kam ein bisschen überraschend, und gerade deshalb sagte ich zu, kündigte in der Mittagspause und war noch am selben Nachmittag auf dem Weg nach Uppsala.

War Fensterputzen schwierig? Normalerweise nicht, aber es konnte ein wenig unheimlich werden, wenn man es mit großen Fenstern hoch oben zu tun hatte. Wolkenkratzer gab es ja damals in Uppsala nicht. Aber Rick hatte es trickreich geschafft, den Auftrag von einer Abteilung des Akademiska-Krankenhauses zu erhalten. Es lag etwas abseits, zum Kronparken hin. Ich fühlte mich hintergangen, als mir klar wurde, wie viel Arbeit uns da bevorstand. Lange monotone Fensterreihen an einem klotzigen Betonbau im brutalen Baustil der fünfziger Jahre, der offenbar irgendein *Institut* beherbergte. Was für ein Institut es war, konnte man nicht ohne Weiteres erkennen. Jedenfalls nicht von außen.

Hatten wir Leitern? Ja, die hatten wir. Sie nahmen ziemlich viel Platz in dem Wagen ein. Aber sie schienen kaum lang genug zu sein. Ob man die Fenster öffnen und von drinnen putzen konnte?

Das glaube ich nicht, sagte Rick.

Alles war so schnell gegangen, dass ich es versäumt hatte herauszufinden, wo wir wohnen sollten. Würden wir es schaffen, abends zurückzufahren?

Nein, das glaube ich nicht, sagte Rick. Das hier braucht bestimmt die ganze Woche. Aber es gibt ja eine Menge Kohle.

Und er erklärte, wie geschickt er es angestellt hatte, die Ausschreibung zu gewinnen, um ein ganzes großes Haus auf dem Gelände des Akademiska-Krankenhauses putzen zu können.

– Aber wenn es die ganze Woche dauert, wo sollen wir wohnen?

Rick sah mich an, als wäre ich dumm. Ich meine natürlich: so wie man jemanden ansieht, der dumm ist.

– Im Auto natürlich. Wo sonst?

Auf Ricks Gaskocher erhitzten wir ein paar Dosen mit Erbsen und Speck aus dem nächstgelegenen Lebensmittelladen. Es dauerte ewig, bis die Suppe warm wurde.

Vom Fensterputzen bekam man eine ganz andere Art von Muskelkater als in der Autowerkstatt. Da ich nicht besonders viel davon verstand, wie die Muskeln in den Schultern eines Menschen verteilt waren, wunderte ich mich darüber. Mittlerweile hätte ich doch durchtrainiert sein sollen.

Es fiel mir ziemlich schwer, neben meinem laut schnarchenden Fensterputzerkumpel zur Ruhe zu kommen, eingezwängt in einen Schlafsack, der offenbar noch nie gewaschen worden war und außerdem nach Verdünnungs- und Lösungsmitteln roch. Vielleicht hatte ihn vor mir ein Maler benutzt. Ich lag wach und versuchte – wie ich es bei solchen Gelegenheiten zu tun pflege –, die leeren Stunden mit produktiven Ideen und Erfindungen auszufüllen. Das war ja an sich ganz gut. Aber so konnte es kaum weitergehen, wenn ich tagsüber auf immer höheren Aluminiumleitern herumturnen sollte.

Vielleicht war es da, genau in dieser Nacht, dass mir meine Idee kam.

Sie war einfach. Sie war großartig. Und sie war nicht ungefährlich.

Es war – kurz gesagt – die Art von Ideen, von denen man nicht viele im Leben hat. Aber noch war sie nicht ausgereift. Sie musste sich selbst entwickeln dürfen.

Worauf lief sie hinaus? Sie hatte etwas mit einem Verkehrsunfall zu tun. Einem sehr tragischen, der einem Menschen das Leben gekostet hatte. Es gibt Dinge, Erinnerungen, Souvenirs, von denen man gerne spricht. Und es gibt Dinge, die man nicht unnötig erwähnen soll. Ich erinnere mich daran, dass ein Professor einmal ganz ruhig auf die Frage eines übereifrigen Grünschnabels im Seminar geantwortet hatte:

Es gibt Dinge, die wir erforschen sollten. Und es gibt Dinge, die wir nicht erforschen sollten.

Wo war ich stehengeblieben?

Ja – Schlafstörungen. Schlafstörungen habe ich schon mein Leben lang. Und gelernt, mit ihnen umzugehen. Sie sind nützlich, weil sie uns eine Atempause zum Nachdenken geben. Und die Gelegenheit, dabei vielleicht einzusehen, dass man in Wirklichkeit ein Niemand ist.

Am dritten Arbeitstag machten wir eine ausführliche Mittagspause, und die nutzte ich, um in das Gebäude einzudringen – was kein Problem war. Teils, weil es in den auf ihre Art unschuldsvollen sechziger Jahren war, und teils, weil ich ein neues Talent an mir entdeckt hatte: Ich kann den Eindruck erwecken, in Zusammenhänge zu gehören, in denen ich eigentlich nichts zu suchen habe.

Das Institut sah von innen sehr still und sehr wissenschaftlich aus. Ein junger Mann, hochgewachsen und blond, kam im Korridor auf mich zu.

– Hallo, sagte er.

– Hallo, antwortete ich etwas zögernd. Man konnte ja nicht wissen.

Der Mann wirkte gehetzt. Und ich gehörte absolut nicht zu seinem Interessengebiet. Dennoch hatte er Zeit, stehenzubleiben und mich zu mustern. Die Musterung schien zu keinem befriedigenden Ergebnis zu führen, weder im Positiven noch im Negativen.

– Schlafstörungen?

Was sollte man darauf antworten? Was war eine *Schlafstörung*? Eine Art Krankheit? Die mich also zu einem Patienten machte. Aber zu was für einem? Wie zum Teufel sollte ich wissen, was eine *Schlafstörung* war? Mit einer Chance von fünfzig Prozent, dass ich richtiglag, antwortete ich:

– Ja, genau.

– Dann ist es die dritte Tür rechts. Setzen Sie sich ruhig ins Wartezimmer. Es kommt gleich jemand mit einem Formular für die Personalien. Das müssen Sie ausfüllen.

Ich schaute mich im Korridor um. Im Moment war er leer. Genau wie das Wartezimmer. Es schien ungefährlich, noch eine Tür zu öffnen. Der Raum wirkte äußerst klinisch. Rings um eine Liege mit Papierüberzug standen eine Menge schwer zu identifizierender elektronischer Apparate. Später im Leben habe ich natürlich verstanden, was man dort trieb: Enzephalographische Aufzeichnungen von Versuchspersonen im Schlaf oder während des Einschlafens. Ich war in eine Schlafklinik geraten. Oder war es vielleicht doch etwas ganz anderes? Es wirkte jedenfalls wie in der Psychiatrie. Vielleicht war das so eine Station, auf der man Elektroschocks verabreichte?

Und war es nicht, genau genommen, exakt das, was ich brauchte? In meiner leicht erregbaren Phantasie erinnerte alles an eine Folterkammer aus dem einen oder anderen Sience-Fiction-Roman.

Aber nach zwei Nächten in Ricks Kastenwagen, mit beschlagenen Scheiben und dem fürchterlichen, ganz plötzlich ausbrechenden Schnarchen des Besitzers, wie eine lokale Vulkaneruption einen halben Meter neben mir, war ich bereit, mich ins Unbekannte vorzuwagen.

– Das ist ganz einfach, sagte ich zu Rick, als ich zurückkam. Komm und schau es dir an! Es ist leicht, dort zu übernachten statt in diesem zugigen Kastenwagen.

– Aber werden sie nicht einen Riesenaufstand machen, wenn sie uns entdecken?

– Schau doch! rief ich. Und öffnete eine Tür, die ich schon einen Spaltbreit aufgemacht hatte. Schau, hier gibt es weiße Kittel. Die ziehen wir an.

– Sie warten, sagte eine plötzlich aufgetauchte Krankenschwester in Weiß. Mit dem Emblem des Roten Kreuzes über der rechten, sich sehr deutlich abzeichnenden Brust. Die Patienten warten. Auf den Doktor.

Ich sah mich nach dem Doktor um, und mir wurde klar, dass sie mich meinte.

– Besteht Lebensgefahr? fragte ich.

– Nein, wie kommen Sie um Gottes willen darauf?

– Ich mache nur Spaß.

Sie schaute mich an, misstrauisch, aber doch respektvoll. Das tun Schweden und Schwedinnen oft, wenn man scherzt. Sie sind sich offenbar nicht ganz sicher, wie ein Scherz aussieht.

– Ich komme gleich, nur einen Augenblick.

Das mit den weißen Kitteln war offenbar keine so gute Idee. Es ist immer riskant, sich für jemand anderen auszugeben als man ist.

– Zieh den Kittel aus, sagte ich zu Rick. Das war keine gute Idee. Ab jetzt sind wir Patienten.

– Was für Patienten?

– Patienten mit Schlafstörungen. Die getestet werden sollen.

– Aha, entgegnete Rick und legte den offenbar frisch gewaschenen Kittel ab.

Zwei Nächte lang schlichen wir uns dort gegen neun hinein, ausgerüstet mit einer Tragetasche mit Bier und ein paar Butterbroten von der nächstgelegenen Tankstelle.

Am zweiten Morgen, nachdem wir uns gerade die Zähne geputzt hatten und planten, uns allmählich diskret durch den Korridor wegzuschleichen, schaute eine junge Frau im weißen Kittel herein.

– Aber wer um Himmels willen sind denn Sie?

– Wir sind Schlafpatienten.

– Schlafpatienten?

– Ja, wir haben Schlafstörungen.

– Dann sind Sie hier falsch gelandet.

– Tatsächlich?

– Das Schlaflabor hat der Landtag vor einem halben Jahr geschlossen.

– Wie schade! Dann haben wir uns wohl getäuscht.

– Das haben Sie wohl.

Ihre lebhaften braunen Augen leuchteten von Humor und Intelligenz. Sie war eine sehr solide, kräftig gebaute kleine Frau. Ihr Becken schien dafür gemacht, viele Kinder zu gebären, und ihre stattlichen Brüste unter dem weißen Kittel würden sie ernähren können.

War sie Ärztin? Dafür schien sie zu jung. Sicher war sie nur eine Kandidatin. Wie alt mochte sie sein? Vielleicht in den Zwanzigern.

– Ihr solltet mir vielleicht besser erzählen, wer ihr seid.

Das taten wir. Das heißt – ich tat es. Ich fühlte, dass ich gegenüber dieser Frau, die auch noch in meinem Alter war, keine Geheimnisse haben wollte. Rick hielt sich eher im Hintergrund. Er schien zu glauben, dass wir dabei waren, uns Scherereien einzuhandeln. Das glaubte ich nicht. Uns blieben noch mindestens drei Tage für diese umfangreiche Fensterputzerei.

Als wir schließlich hinaus zu unserem Kastenwagen gelangt waren, zeigte sich, dass dieses Scheusal sich nicht starten ließ. Nach zwei Tagen und zwei Nächten war ganz einfach die Batterie leer.

– Wir müssen zur Tankstelle gehen und eine neue Batterie holen, sagte Rick. Wenn wir Glück haben, gibt es vielleicht eine gebrauchte.

– Ich glaube nicht, dass es nur an der Batterie liegt. Es ist der Generator, der langsam aufgibt.

In diesem Augenblick kam die junge Frau auf uns zu. Jetzt flott gekleidet in einem Anorak. Ohne Kopfbedeckung.

– Was macht ihr denn da?

Wir erklärten es ihr, oder vielmehr ich tat es, und Rick stand daneben. Sie glaubte, eine Lösung gefunden zu haben. Nur für ein paar Tage, aber immerhin. Wollten wir es versuchen? Sie hatte ein paar Kumpel, Kandidaten der Medizin, drinnen in der Stadt in einem Haus, das Rosénska-Studentenwohnheim hieß. Es war freikirchlich, aber das sollte keinen gewöhnlichen Menschen daran hindern, dort zu wohnen. Und ihre Medizinerfreunde waren zum Militär eingezogen worden. Ausbildung für den Atomkrieg.

Wohnte sie selbst dort? Nein, das tat sie *nicht.* Aber es gab, wie gesagt, dort bestimmt eine Übernachtungsmöglichkeit.

Helen, so hieß sie, zögerte nicht – sie stapfte vor uns her durch den Krankenhausgarten hinüber zur Bushaltestelle. Ich konnte nicht umhin, ihre Art des Gehens zu bemerken, ihre entschlossenen Bewegungen. Diese Frau hatte etwas *Substantielles*. Sie war eine Person, die wusste, was sie wollte. In diesem Moment empfand ich einen wilden Neid. Ich wäre lieber gewesen wie sie, als der zu sein, der ich war, dieser eigentümlich durchsichtige, fast unsichtbare schmale kleine Typ aus Karbenning. Ich war eine gläserne Mücke. Sie war. Was war sie? Eine *Realität*.

Das ist jetzt viele Jahre her, aber seit diesem Augenblick bin ich überzeugt davon, dass jede wirkliche Verliebtheit ihren Ursprung in einer tiefen Unzufriedenheit mit uns selbst hat. Wir haben jemand anderen getroffen, der wir lieber wären.

Der Bus neigte sich in der Kurve an der Carolina-Bibliothek zur Seite und raste den Hang hinunter, und ich kam ihr für einen Augenblick näher, als ich gedacht hätte. Es war sehr deutlich zu spüren, dass sie da war.

Das Rosénska-Studentenwohnheim war ein ziemlich imposantes Gebäude. Tatsächlich waren es mehrere. Mit einem kiesbestreuten Hof im Zentrum und einer Laube, deren Kletterpflanzen gerade zu blühen begannen. Was die anderen Gerüche milderte, nach altem, vom Schwamm befallenen Holz und einem lecken Kloakenrohr. Das Klirren von Besteck und Tellern und ein sehr deutlicher Duft von überbackenen Pfannkuchen wiesen fast überdeutlich darauf hin, wo die Kantine lag: im Hauptgebäude. Die Studentenzimmer befanden sich in einem einstöckigen Haus auf der anderen Seite des Hofs. Wenn ich mich recht erinnere, hatte jedes Zimmer seinen eigenen Eingang, was praktisch erschien, falls man den Nachbarn nicht zeigen wollte, wen man zu Besuch hatte. Helen klopfte an und verschwand.

– Ja, das geht klar. Das dritte Zimmer von hier aus könnt ihr nehmen. Es ist keines von den Medizinern, aber das macht nichts, sagen sie. Da wohnt ein Poet, der Theologie studiert. Er heißt Osvald Björk und ist bis Montag verreist. Er ist oben in Gästrikland.

– Was macht er da?

– Keine Ahnung. Aber das passt, sagen die Mediziner. Und die müssen es wissen.

– Darf ich fragen – bist du auch Medizinerin?

– In gewisser Weise. Ich bin Krankenschwester. Vielleicht bewerbe ich mich für die Arztausbildung, nächstes Jahr. Es gibt ziemlich viele Schwestern, die das tun. Neuerdings. Und falls es Probleme mit eurer Übernachtung gibt, bekommst du eine Nummer, die du anrufen kannst.

Ich fand es sehr kühn von mir, aber ich fragte, ob es ihre private Nummer sei.

– Meinst du wirklich, ich könnte mir ein eigenes Telefon leisten? Die Nummer gehört meiner Vermieterin. Ruf also nicht zu oft an!

Damit verschwand sie den Kiesweg hinunter. Ihr Sommerkleid flatterte optimistisch um ihre Waden. Strümpfe trug sie keine. Es war ja schon warm. Überraschend warm für die Jahreszeit.

Rick brachte dann mithilfe eines Kumpels aus Sala backe den Kastenwagen wieder auf Trab. Der Kumpel war so ein Rockermechaniker, der sogar dafür sorgte, dass das Auto in seine Werkstatt bugsiert wurde. Nicht gerade auf legale Art. Aber es geschah. Danach war Rick der Ansicht, der Job wäre erledigt – diese Hausverwaltung, die nie zu erreichen war, sollte eben von sich hören lassen, falls sie nicht zufrieden war.

Er bedankte sich und überreichte mir – wenn ich mich recht erinnere – vierhundert Kronen für meinen Anteil an der Arbeit. Dann verschwand er mit einer derartigen Geschwindigkeit, dass der frisch geharkte Kies im Hof des Rosénska aufspritzte, sehr zum Ärger des mürrischen alten Hausmeisters. Aber er konnte nichts daran ändern. Genauso wenig wie ich.

Rick verschwand. Und er fehlte mir eigentlich nicht. Man könnte vielleicht sagen, dass mit ihm nicht nur Karbenning und Norberg und die ganze Gegend um Fagersta hinter meinem Horizont versank, sondern meine ganze frühe Jugend.

Ja, Rick verschwand in einer Wolke von Abgasen und in einer Kaskade von Kies. Und in gewisser Weise nahm er mich ein für alle Mal mit.

Obwohl ich dort stehen blieb und ihm nachstarrte.

Die Schreibmaschine

Der Poet. Er hieß Osvald Björk und tauchte einen Tag zu früh auf. Er war lang, hager und offensichtlich melancholisch, und er trug einen Wollpullover und einen schwarzen Bart. Was – wie ich später begriff – die Art war, wie man aussehen sollte. Wenn man Poet war. Und das war er ja. Er nahm es nicht im Geringsten übel, dass ich und Rick sein Zimmer für ein paar Tage geborgt hatten.

Mich und Rick in seinem Zimmer vorzufinden nahm er offenbar als eine der selbstverständlichen Überraschungen und Mühen des Lebens hin.

Ich dankte ihm herzlich für seine Gastfreundschaft und fragte, wie ich sie ihm entgelten könnte. Er antwortete, er wäre völlig zufrieden, wenn ich ein paar von seinen Gedichten lesen und ihm sagen würde, wie ich sie fand.

Indessen war ein anderes Zimmer frei geworden. Aufgrund des militärischen Kurses für die Mediziner. Diese Militärkurse schienen fast genauso dicht aufeinander zu folgen wie Regenschauer.

Mittlerweile hatte ich begonnen, mich mit den Medizinern bekannt zu machen. Diese Leute hatten viel zu tun. Sie studierten bis tief in die Nacht hinein und fragten einander endlose Listen von Fakten aus verschieden dicken Lehrbüchern ab. Die Schauer ihrer Kurse folgten, wie gesagt, dicht aufeinander, und es war offenbar eine Katastrophe, an mehr als einem zu scheitern. Niemand fragte, woher ich eigentlich kam. Sie schienen davon auszugehen, dass ich auf die eine oder andere Weise zum medizinischen Bereich gehörte.

Sie stellten in Aussicht, dass ich bestimmt ein Zimmer auf Dauer bekommen könnte, wenn ich nur mit der Vorsteherin spräche. Also tat ich das.

Das Rosénska-Studentenwohnheim war Ende des 19. Jahrhunderts von einem steinreichen alten Herrn, einem Mitglied des Missionsbunds, gestiftet worden, Johannes Roséen, und sollte wohl so etwas wie ein Asyl darstellen, einen Zufluchtsort für erweckungschristliche Jugendliche vor den gefährlichen Versuchungen der Universitätsstadt.

Ich benötigte nicht viele Tage in dem Heim, um herauszufinden, dass man es damit nicht so genau nahm. Die Besuche bei den weiblichen Gästen waren zahlreich. Das konnte man aus den Geräuschen schließen. Die ganze Reihe der Zimmer war durch und durch hellhörig, so sehr, dass man das meiste, was geschah, durch die Zwischenwände hörte. Und aus den fröhlichen Liedern aus den Zimmern der Mediziner in der einen oder anderen Nacht nach geglückten Freitagsschauern erkannte man, dass offenbar sogar so manche Flasche ihren Weg in das Heim fand.

Es gab eine strenge Hausordnung, sehr streng, die in der Kantine aufgehängt war. Aber etwas von der Strenge schien mit der Zeit gelockert worden zu sein.

Osvald war eine ziemlich faszinierende Person. So jemand war mir noch nie untergekommen. Und oben in der Reifenwerkstatt in Björklunden hätte er wohl für weit aufgerissene Augen gesorgt.

Sein Zimmer war, abgesehen von dem Allernotwendigsten, ein Bücherlager. Das Einzige, woran ihm sonst anscheinend lag, war seine Schreibmaschine – ein großer alter Klapperkasten, der mir anfangs gar nicht aufgefallen war, da er sich unter einer grünen Schabracke verbarg. Wie ich später erfuhr, hatte sie einst der Redaktion der *Tidningen Upsala* gehört, war aber einer Modernisierung zum Opfer gefallen und hier gelandet. Vermutlich hatte man sie durch eine Olivetti Praxis 48 oder ein anderes elektrisches Wunderwerk mit Kugelkopf ersetzt.

Diese alte Schreibmaschine folgte eher traditionellen Prinzipien. Spätnachts, wenn man im Nachbarzimmer aufwachte, konnte man das Klappern der Tasten und das muntere Klingeln der Walze hören, manchmal mitten in der Geisterstunde. Der Poet schrieb gern und offenbar am liebsten in den Nächten. Er war der erste Poet, den ich traf. Leider hatte ich nicht viele Gelegenheiten, andere kennenzulernen.

Er schrieb, wie ich erfuhr, ziemlich häufig Rezensionen in der *Upsala Nya Tidning*. Über andere Poeten. Als ich ihn fragte, wer seine Gedichte publizierte – ich würde so gerne eine ganze Sammlung von ihm lesen –, warf er mir einen dunklen Blick zu.

Wir hatten, wie wir feststellten, jede Menge Gesprächsstoff. Man kann wohl sagen, dass wir Freunde wurden. Nach dem Essen in der Mensa – wo im Großen und Ganzen immer fromme Hausmannskost serviert wurde – machten wir es uns rasch zur Gewohnheit, uns eine Weile in Osvalds Zimmer niederzulassen und zu diskutieren.

Er hatte ungefähr denselben Hintergrund wie ich – ein Kleinbauernheim, obwohl seines in Gästrikland lag. Über meinen eigenen Hintergrund erzählte ich, dass ich eigentlich ein ostdeutscher Flüchtling sei. Aber dass ich darüber nicht viele Worte verlieren wollte. Ich hätte sogar Angst, dass ostdeutsche Agenten mich aufspüren und in ein geeignetes Gefängnis in der Stadt Erfurt zurückbringen könnten, aus der ich kam. Mir graute vor der Idee, jemanden zu treffen, der wirklich aus Erfurt stammte. Wie sollte ich das meistern?

Aber bald erkannte ich, dass ich damit ganz ausgezeichnet klarkommen würde. Ich konnte ja eine große Szenerie ausmalen, mit Denunziantenparanoia und düsteren Erinnerungen an diese Person, Erinnerungen, die absolut jeden Meinungsaustausch verhinderten, ja, sogar jede normale Konversation.

Osvald nickte. Er hatte großes Verständnis für diese Situation. Ja, tatsächlich. Er hatte selbst einige Erfahrungen damit, wie es sein konnte, gemobbt und verfolgt zu werden. Das erklärte er nicht näher, aber offensichtlich ging es um jemanden zu Hause in seinem Dorf. Nach einigen dieser Plauderstündchen deutete ich an, dass ich in der Tat ein medizinisches Examen hatte. Aus Weimar. Und dass dies meine Situation noch gefährlicher machen würde, falls man mich hier aufspürte. In Ostdeutschland herrschte ja ein großer Mangel an Ärzten.

Ein paar Tage später kam Osvald zum Morgenkaffee in mein Zimmer. Er hatte etwas sehr Wichtiges zu berichten. Denn er hatte mit den Medizinstudenten gesprochen, Ulf und Bengt.

– Du hast es ihnen doch wohl nicht erzählt?

– Doch, das habe ich. Und weißt du, was sie sagen?
Du hättest es nicht erzählen sollen, ohne mich zu fragen.

– Entschuldige, aber willst du wissen, was sie meinen?

– Nein.

Ich hatte diese Mediziner bisher als ziemlich hochnäsige Typen empfunden. Sie waren überzeugt, dass sie die absolute Elite des Rosénska-Studentenwohnheims darstellten. Für mich schienen sie sich nicht besonders zu interessieren.

Aber vielleicht waren sie hilfsbereiter und anständiger, als ich dachte?

– Sie sagen, du könntest auf jeden Fall eine schwedische Legitimation bekommen. Kinderleicht. Und Arbeit im Pflegesektor. Vorausgesetzt, du hast die nötigen Papiere.

– Die habe ich. Nur ein paar Papiere. Das wenige, was ich mitnehmen konnte.

Einen Augenblick lang stand mir vor Augen, wie unrealistisch dieses Projekt war. Wie weit stimmte mein Äußeres überhaupt mit dem des bedeutend Dunklerhaarigeren im Führerschein überein? Wie sollte ich mit meinen mangelnden Deutschkenntnissen umgehen? Ein Plan tauchte in meinen Überlegungen auf, der in seiner Kühnheit, seiner erstaunlichen Frechheit, unwiderstehlich schien.

Gerade als ich meinen Plan in die Tat umsetzen wollte, geschah etwas völlig Unerwartetes. Osvalds Schreibmaschine wurde gestohlen. Eines Nachmittags, als wir aus dem Speisesaal zurückkehrten, war sie einfach nicht mehr da. Nicht so verwunderlich, könnte man meinen, da er die Gewohnheit hatte, seine Tür nicht abzuschließen. Nicht einmal, wenn er schlief.

Wir suchten überall. Die Nachbarn stellten sich willig zur Verfügung. Kleiderkammern und andere Verschläge, alle mit einem starken Geruch nach Schimmel, wurden Gegenstand gründlicher Durchsuchungen. Vergeblich. Das Ungetüm war ganz einfach verschwunden. Verschluckt vom Himmel oder vielleicht von der Unterwelt.

Schwierige Fragen

Der Poet war also Theologe. *Eine Art von* Theologe, sollte man vielleicht sagen. Wie erfolgreich er in seinem Studium war, konnte man sich allerdings fragen. Er schien selten über einem griechischen oder hebräischen Text zu sitzen oder über Anders Nygrens *Eros und Agape*, die alle keuschen Theologiestudenten damals lesen mussten.

Aber ich glaube, er war einer der wenigen in dem Wohnheim, der tatsächlich ein persönliches Verhältnis zur Religion hatte. Das hatte ihn ins Grübeln gebracht. Es verwirrte ihn, dass seine Professoren das, was sie lehrten, selbst nicht ganz ernst zu nehmen schienen. Er stellte ihnen offenbar dieselben schwierigen Fragen wie mir. Wenn Gott wirklich Mensch geworden war, musste das nicht bedeuten, dass ein Mensch Gott geworden war? Wenn es wirklich eine körperliche Auferstehung von den Toten gab – welches Alter hätte der Körper dann? Würden sich die Auferstandenen als schreiende Babys oder als alte gebeugte Männer und Frauen offenbaren? Und wie verhielt es sich eigentlich mit dem Satanismus?

– Wie meinst du das?

Nun, wenn man dem Teufel anheimfiel, wäre man dann zu bösen Handlungen verpflichtet? Oder ist es eher so, dass man das gesamte Wertesystem dann umkehren und dann sagen müsste, dass das zuvor Böse jetzt gut geworden ist und umgekehrt?

Ich erklärte ihm, solche Fragen könne ich nicht beantworten.

– Meine Professoren sagen dasselbe, antwortete der Poet. Und schien sich vorerst damit zu begnügen.

Ich für mein Teil fragte mich, ob er nicht ein bisschen verrückt war.

Aber jetzt ging es erst mal darum, wo diese Schreibmaschine abgeblieben war. Einige diskrete Andeutungen im Speisesaal, wo die Sache sich herumgesprochen hatte, gaben mir ein recht deutliches Gefühl, dass sie mich verdächtigten. Da ich Kurth Wasser war, ein eben eingetroffener ostdeutscher Flüchtling, lag es vielleicht nahe, dass sie mich ins Visier nahmen. Ich hatte zunehmend den Eindruck, dass man mich ein wenig zu forschend ansah, wenn ich den Speisesaal betrat, und dass der eine oder andere der Zimmernachbarn es vermied, mich im Korridor zu grüßen. Aber da ich ja wusste, dass ich nicht der Schuldige war, hatte ich es natürlich versäumt, in meiner eigenen Kleiderkammer nachzuschauen, einem engen, dunklen Verschlag gegenüber der Tür zur Dusche, mit einem Konzentrat des Geruchs von schimmelndem Holz, der sich überall in diesem Studentenheim ausbreitete.

Zu guter Letzt öffnete ich auch diese Tür. Auf der Jagd nach sauberen Schuhen, glaube ich. Oder nach etwas anderem, was mir fehlte.

Und natürlich stand sie da, unbestreitbar und auf diese ärgerliche Art, wie nur materielle Gegenstände unwiderruflich sein konnten, *diese verdammte Schreibmaschine.*

Wie war sie hier gelandet? Hatte jemand, der mir feindlich gesinnt war, sie in der bösen Absicht hineingestellt, mich zum Objekt einer dramatischen Enthüllung zu machen?

War es vielleicht der Poet selbst, der sie dorthin gestellt hatte? So oft, wie unsere beiden Zimmer, Wand an Wand gelegen, unverschlossen waren, wäre es ja keine Kunst gewesen.

Oder – der Gedanke war schwindelerregend – konnte es am Ende sogar ich selbst gewesen sein, der sie dorthin gebracht hatte? Aber wenn ja, warum?

Diese Episode hatte etwas zutiefst Erschreckendes.

Es war das erste Mal, glaube ich, dass ich das eigentümliche Gefühl hatte, nicht mehr zu wissen, wer ich war. Kent Andersson oder Kurth Wolfgang Wasser, Lizentiat der Medizin aus Weimar? Einer der beiden jedenfalls löste das Problem.

Am nächsten Morgen dankte er mir.

– Wofür?

Er ließ die Frage kommen und gehen, ohne das geringste Anzeichen dafür, dass ich vielleicht etwas verwundert wirkte.

Ich habe jetzt den seltenen Augenblick erreicht, nach dem ihr so lange gefragt habt, jenen Moment, wenn der Wille *tatsächlich* frei ist. Es ist ein Augenblick, in dem die Welt plötzlich ganz leer wird und sich der Schwindel vor dem freien Fall einstellt. Was sah ich vor mir? Einen neuen Job als Fensterputzer? Oder in einer Reifenwerkstatt? Ich beschloss, mich dem zu verweigern. Die Versuchung, mich meines eigenen Lebens zu entledigen und ein anderes zu leben, war einfach zu groß. So etwas erfahren zu haben bleibt nicht ohne Folgen. Man lernt die Freiheit kennen.

Ich entschied mich also dafür, ein anderer zu werden, die Eltern und die Erinnerungen und die wenigen Freunde, die ich von zu Hause hatte, aufzugeben. Ich entschied mich dafür, nicht weil ich mir besonders viel von diesem anderen versprach, sondern weil die Verführung, die von der Idee eines eigenen freien Willens ausging, unwiderstehlich war. Wie ich es schon gesagt habe.

Und um eine lange Geschichte abzukürzen: Ich traf meine Entscheidung.

Einerseits war ich also ein ehemals erfolgreicher Medizinstudent aus Weimar, der nach dem Abschluss klinischer Studien auf die eine oder andere Weise in die freie Welt und das verlockende Schweden gelangt war. Andererseits war ich ein deutsches Adoptivkind, das ausreichend viele Jahre in Karbenning und der Norrunda-Schule verbracht hatte, um Freunde in der västmanländischen Provinz zu gewinnen.

Es war ja nicht ganz leicht, das alles zusammenzubringen. Offensichtlich galt es, alten Schulkameraden und vor allem Verwandten aus dem Weg zu gehen. Sonst würden die Fragen bald zu kompliziert werden, um sie zu bewältigen. Auch wenn es mir gewöhnlich leichtfällt, mich aus Situationen herauszureden. Notfalls war es zu schaffen, indem ich andeutete, dass ich momentan viel zu beschäftigt war, um Bekanntschaften zu pflegen. Oder dass ich zu fein geworden sei, um mit alten Kumpeln aus der Schule und der Arbeit zu reden. Aber wenn das nicht ausreichte, hätte ich wohl ein Problem.

Betrug war ja ein ernsthaftes Verbrechen. Es war strafbar. Und vermutlich gab es eine noch strengere Strafe, wenn man ohne Legitimation vorgab, ein Arzt zu sein. Aber schließlich hatte ich ja tatsächlich eine Legitimation. Allerdings eine ostdeutsche. Ich könnte im Gefängnis landen. Ich hatte im Gesetzbuch nachgelesen. Betrug bedeutete, mit Gewinnabsichten irrezuführen.

Und dann gab es noch die Sache mit der *Vorgabe eines öffentlichen Amtes*. Ein Direktor der ASEA-Generatorenfabrik in Västerås war unklug genug gewesen, seinen Berufstitel *Ge-*

neraldirektor im Telefonbuch zu Gen. dir. abzukürzen, und sofort in den polizeilichen Verdacht der Vortäuschung eines öffentlichen Amtes geraten. Der *Länstidningen* zufolge hatte der Ingenieur erwidert, er finde, Direktor der weltbekannten ASEA-Generatorabteilung zu sein, sei viel feiner als ein kläglicher Generaldirektor irgendeiner sinnlosen Zentralbehörde. Und damit hatte er wohl recht. So empfinde ich es heute, viele Jahre später, wo alle mit ihren eigenen Pensionsgehältern und ihren glamourösen Betriebsfeiern völlig beschäftigt zu sein scheinen. ASEA baute Kraftwerke in Indien und Pakistan. Von Lappland ganz zu schweigen.

Arzt zu sein bedeutete wohl ein öffentliches Amt?

Auf eines glaubte ich mich letztlich verlassen zu können, eine der großen Antriebskräfte der Menschheit: die Gleichgültigkeit. Niemand oder äußerst wenige würden Energie darauf verwenden herauszufinden, wer ich eigentlich war.

Worauf es ankam, wenn ich ernsthaft Kurth Wassers nachgelassene Papiere übernehmen würde – ich betrachtete sie schon als schwieriges, aber verheißungsvolles Erbgut –, war natürlich, Disziplinen und Spezialgebiete zu meiden, wo *Behandlungsfehler* möglich waren.

Ich dachte lange und sorgfältig über dieses Problem nach. Chirurgie – *absolut* ausgeschlossen. Allein die Vorstellung, ein Messer auf jemandes Haut zu setzen, erfüllte mich mit Schaudern. Allgemeinmedizin, an sich eine Disziplin mit einem etwas diffusen Ruf und alljährlich neuen, einander absolut widersprechenden Gesundheitsempfehlungen, sollte etwas weniger gefährlich sein, solange man sich an die in den Handbüchern und der Roten Liste vorgeschriebenen Dosierungen hielt. Aber das Risiko, eine Herzschwäche oder klare Symptome eines Gehirntumors zu übersehen, war offensichtlich.

Kurz gesagt, es galt, ein Gebiet zu finden, auf dem Fehler keine wirklichen Folgen haben würden. Außer für den Patienten. Und nicht einmal für den. Ich grübelte lange und begab mich in den Lesesaal der Carolina-Bibliothek – ein fremdes und nicht wenig imponierendes Milieu, in dem das einzige Geräusch das leise Rascheln von umgeblätterten Seiten war, wie ein Wasserfall in einem Bach in der Ferne – und durchstöberte Zeitschriften und medizinische Handbücher.

Was also stand zur Auswahl? Ernährungswissenschaft schien nicht ausgeschlossen. Aber konnte man seine Tätigkeit darauf beschränken, übergewichtigen Menschen Ernährungsratschläge zu geben? Dann war da natürlich die Psychiatrie. Nicht ganz ungefährlich. Es konnte einem passieren, dass man versehentlich einen Mopeddieb für ein paar Jahrzehnte in eine Anstalt sperrte, weil man ihn nicht begriffen hatte. Oder weil man sich in eine falsche Theorie verstrickt hatte. Und dann war da noch die Sache mit der Schlafforschung. Und der Schlaftherapie. Mit der war ich ja an meinem ersten Tag in Uppsala schon in Berührung gekommen.

Nach ein paar vorgeschriebenen Schritten und mit einem Minimum an Dokumentenfälschung wurde Dr. Kurth Wasser überraschend schnell als Schwede legitimiert und in der Mütterpflegezentrale in Tierp als ärztliche Vertretung angestellt. Im ganzen Land herrschte ein chronischer Ärztemangel – damals wie heute. Was nicht wenig mit der gründlichen Politik der Gewerkschaften zu tun hatte. Aber das ist eine andere Geschichte.

Das neue Leben war nicht sehr schwer. Das Schwierigste war eigentlich, sich einen leichten deutschen Akzent anzueignen.

Blutdruckmessen lernte ich, indem ich beobachtete, wie andere es machten. Und die Mütter waren schon dankbar dafür, wenn ihnen jemand zuhörte. Das schienen sie nicht gewöhnt zu sein. Die Sturzflut von Arzneimittelpröbchen, die sich in meinen Dienstbriefkasten ergoss, löste die meisten Rezeptprobleme. Ich war äußerst zurückhaltend mit den Medikamenten, die ich verschrieb, und studierte gründlich die Rote Liste, ehe ich überhaupt etwas herausgab. Genauso vorsichtig war ich bei den Dosierungen von verschiedenen milchtreibenden Medikamenten, Kopfschmerztabletten und muskelentspannenden Mitteln. Ein Glück – dachte ich –, dass mein erster Arbeitsplatz nicht in einer Notfallklinik war. Doch ich sah ein, dass es vielleicht klug wäre, allmählich nach etwas anderem Ausschau zu halten. Aber wonach?

Zu den Freunden verlor ich langsam den Kontakt. Auch zu Helen. Ich dachte oft an sie, beließ es aber, eigentümlich genug, beim Denken.

Der Schlaf ist eine kostbare Gabe – teure Mittel schenken Schlaf

An einem Sonntag im März rief Helen an, das war, bevor ich meine Vertretung in Tierp antrat. Um zu hören, wie es mir eigentlich ging, sagte sie. Ihr selbst ging es gut. Sie wollte einen Typen aus der Pädiatrie heiraten. Er hieß Bosse, und Bosses Vater saß im Landtag. Ich gratulierte ihr natürlich. Und spürte für einen Augenblick, dass ich einen großen Verlust erlitten hatte.

Mit meinem Job in Schweden regelte sich alles allmählich. Ich erzählte, dass ich gerade meine Unterlagen geordnet und mich um eine Legitimation beworben hatte.

Aber die Episode mit der Schreibmaschine wollte mich nie mehr loslassen. Noch Jahrzehnte später sollte sie mich heimsuchen, in der nackten Stunde zwischen drei und vier Uhr nachts, mit der ich so vertraut war.

Was war damals eigentlich geschehen? Welche dämonischen Mächte hatten sich in dieses Spiel gemischt?

Viele Maler haben Erfolg, weil sie ganz klare Vorstellungen davon haben, was sie malen können und was nicht. Anders gesagt, sie wissen, wo ihre Grenzen sind. Wer es nicht weiß, ist zum Scheitern verurteilt. Diejenigen, die es wissen, halten sich sorgfältig an diese Grenzen. August Strindbergs Malerei ist ein gutes Beispiel dafür.

In den ersten Jahren achtete ich gewissenhaft darauf, wo meine Grenzen waren. Ich hielt mich streng an das Selbstverständliche und zögerte nie, Kollegen um Rat zu bitten.

Das Interessante daran, sich als einen anderen Menschen auszugeben, andere Talente und Befugnisse zu haben als mit Fug und Recht, ist, dass der Betrüger mit der Zeit das ganze Schauspiel als selbstverständlich empfindet.

Es ist jetzt schon ein paar Jahrzehnte her, glaube ich, seit ich mich zuletzt richtig unsicher gefühlt habe, sei es gegenüber anderen Menschen oder aufgrund dessen, was ich tat. Sicherlich hätte es schlecht ausgehen können, wenn ich mich am Beginn meiner Arztlaufbahn an die Chirurgie oder die Orthopädie gewagt hätte. Und zwar ziemlich schnell. Deshalb begab ich mich auf Gebiete, die mir ungefährlicher erschienen.

Bald kam ich auf eine Idee zurück: Meine Erfahrungen in der medizinischen Welt hatten ja mit dem Intermezzo als Fensterputzer ihren Anfang genommen.

Schlafstörungen! Da hatte ich es! War das nicht ein medizinisches und gesellschaftliches Problem, da der Zuzug in die Städte, steigende Anforderungen an Frauen im Arbeitsleben, Schichtarbeit und ein immer diffuserer Tagesrhythmus in immer größerem Maße das Leben der Menschen beeinträchtigten?

Noch während der einfachen Mütterpflege, die mich von dem einen Vorort von Uppsala zum anderen führte, machte ich mich daran zu studieren, was es über Schlafstörungen zu wissen galt. Es war eine Menge.

In erster Linie gab es amerikanische Studien, durch die ich mich mit einer gewissen Mühe hindurchbuchstabierte. Aber in der Carolina-Bibliothek, im Zeitschriftenraum, ließ sich auch feststellen, dass das schwedische Interesse an diesem Phänomen nicht gerade hervorragend war. Die Versuchsklinik, in die ich zufällig zusammen mit Rick hineingestolpert war, als wir nach einer geeigneten Schlafstelle gesucht hatten, war ja seit einer Weile geschlossen. Offenbar, weil einer der Forschungsleiter an eine amerikanische Universität gewechselt war.

Der Schlaf des Menschen, lernte ich schnell, war ein viel komplizierteres Phänomen, als man es hätte vermuten können. Er teilte sich in verschiedene Perioden auf, und diese Perioden waren von verschiedenen Wellentypen in der Gehirnaktivität geprägt. Aber auch die Leberzyklen, von Strömbeck und anderen Spezialisten aufgezeichnet, spielten dabei eine Rolle. Eine Ermattungsperiode der Leber bei ihrer Arbeit würde möglicherweise das Bedürfnis nach einem Mittagsschlaf erklären.

Die sogenannte Wolfsstunde, eine neurologisch bedingte Wachperiode, die normalerweise zwischen drei und vier Uhr morgens eintritt, war bei den Menschen der älteren Zeit eine Selbstverständlichkeit. So kann man beispielsweise bei Cervantes im *Don Quijote* lesen: »Sie waren gerade in den ersten Schlaf gefallen.« Der erste und der zweite Schlaf waren im 16. Jahrhundert allgemein akzeptierte kulturelle Selbstverständlichkeiten. Wie in zahlreichen Kulturen der Mittagsschlaf.

Offenbar ist der Mensch genau wie Katzen und Hunde ein periodisch schlafendes, periodisch wachendes Tier, dem von der eigenen Zivilisation eine Illusion aufgezwungen wurde:

der zusammenhängende Schlaf. Und durch den Konflikt von Biologie und Urbanität entstanden die Schlafstörungen.

War nicht eigentlich das meiste in dieser Welt, was man Störungen nannte, eigentlich ein Konflikt zwischen dem Menschen und seiner Sozialisierung?

Aber das Problem war ernsthafter. Die Hersteller verschiedener mehr oder weniger problematischer Schlafmittel strichen riesige Summen ein und wussten sehr wohl, was sie taten, wenn sie nicht nur eine chemische Geißel für Nieren und Leber, sondern auch das am häufigsten benutzte Mittel zum Selbstmord zur Verfügung stellten. Was zu Hirnschäden führte bei demjenigen, der falsch dosierte und überlebte.

Lang anhaltender oder totaler Schlafmangel – das war eine kühne Hypothese – konnten auch einen Zustand hervorrufen, der an Hirnschäden erinnerte.

Es gab viele weitere und subtile Phänomene zu erforschen. Beispielsweise die eigentümlichen Grenzzustände zwischen Schlaf und Wachen. Tagträume im eigentlichen Sinn, in denen man im Wachzustand fragmentarische Bilder einer anderen Wirklichkeit vorbeifliegen sehen konnte, vielleicht waren es solche Erscheinungen, die Swedenborg, William Blake und andere Mystiker wiedergegeben hatten? Und es gab – auch bei ganz normalen Menschen – die hypnagogischen Halluzinationen, diese merkwürdigen Bilder, die einem direkt vor dem Einschlafen kommen. Ein Trompetensignal ertönt, ein dunkler Lederkoffer fliegt durchs Zimmer. Die Elektroenzephalographie, also die Messung und Aufzeichnung der Gehirnwellen, die von verschiedenen Hirnlappen im Schlaf und im Wachzustand ausgesendet werden, war die vornehmste Disziplin dieser Forschung. Die für diese Zeit typische Ambition, auch die Psychologie zu einem messbaren Teil der Wirklichkeit zu machen, das Seelenleben in Wellentypen, Frequenzen und Amplituden einzufangen, beflügelte diese Forschung. Es waren nicht die Glanztage von Professor John B. Watson und dem Behaviorismus, aber etwas von dem Glanz war noch übrig.

So verdammt kompliziert konnte es ja nicht sein, einen Enzephalographen zu bedienen, wenn man erst einmal gelernt hatte, wo die Elektroden am Kopf des Patienten zu befestigen waren. Und wie man sie dazu bringen konnte, dort zu bleiben.

Auch im Schlaf.

Ich sah schnell ein, dass es für einen eingewanderten Arzt mit einem Job in der Mütterpflegezentrale nicht einfach sein würde, Geld für eine Spezialstation für Schlafgestörte aufzutreiben. Und was würde die Schlafmittelindustrie sagen, wenn ich in ihren eleganten Bürogebäuden um eine Unterredung bitten würde? Sei es in Schweden oder anderswo?

Die Wahrheit war klar erkennbar: Ich musste die eine oder andere Person mit wirklichem Einfluss finden, die mir den Weg bahnen konnte. Einen Sponsor. Einen Mentor. Einen Unterstützer. Das war es, was mir fehlte.

Hier galten ungefähr dieselben Regeln wie bei der Elchjagd zu Hause. Geduld aufbringen, jede Menge Geduld, und dabei niemals die Aufmerksamkeit verlieren.

Ein Knoten muss gelöst werden

Ich wohnte noch nicht lange in meiner neuen Wohnung am Brantingstorg, als ich eine Anstellung in der Mütterpflegezentrale in Tierp fand.

Es war nicht schwer, mit dem Bus dorthin zu gelangen. Natürlich entschied ich mich, zurückhaltend vorzugehen. Sehr zurückhaltend. Blutdruck zu messen und vorsichtige Ratschläge zu geben. Und mich bei den erfahrenen Schwestern zu erkundigen, aber nicht bei den Arztkollegen, wenn mir etwas beunruhigend schien.

Mit den Kollegen sprach ich in den Kaffeepausen. Wir unterhielten uns über sämtliche Themen, unverschämte Steuernachzahlungen, Tennisplätze oder die Studentenposse *Gustaf der Adolf*, die in der Studentenverbindung V-Dala aufgeführt wurde und damals ungeheuer populär war. Ich beteiligte mich, so gut ich konnte. Und wenn ich etwas nicht verstand, zum Beispiel, was an Falstaff Fakir so lustig war, konnte ich mich immer auf meinen Flüchtlingsstatus berufen.

Im Übrigen sorgten die Behörden dafür, dass wir aufs Genaueste uber die neuesten Entwicklungen im wachsenden Pflegesektor unterrichtet wurden – die Kollegen nannten es gern den »Pflegerummel«.

Eines Tages plumpste eine Einladung in den Briefkasten, eine unter vielen anderen, die sofort meine Aufmerksamkeit erregte. Ein Seminar über psychische Probleme kam mir gerade recht.

Es fand im Akademiska-Krankenhaus statt, und ich hätte ziemliche Schwierigkeiten damit gehabt, den richtigen Hörsaal zu finden, hätte ich nicht einen der Mediziner aus dem Studentenwohnheim im Bus getroffen. Anton Sundberg aus Västerås. Er lotste mich durch die Korridore und verschwand dann im Gewimmel. Für einen Moment fühlte ich mich etwas verlassen. Ein Gefühl, das ich schnell wegsteckte. Es war schon zur Gewohnheit geworden.

Ich trat ein. Das Seminar war besser besucht, als ich gedacht hatte. Ich trug mich als »Med. lic. Kurth Wasser« in die Liste ein. Die meisten Teilnehmer hatten verschiedene Kliniken, Laboratorien oder Projektbezeichnungen hinter ihre Namen gesetzt. Ich überlegte und kam zu dem Schluss, dass die Wahrheit nicht selten recht gut funktioniert, und fügte zu meinem Namen »Mütterpflegezentrale Tierp« hinzu.

Eine sehr substantielle Frau ganz vorn im Saal erregte sofort meine Aufmerksamkeit, und es fiel mir schwer, diese Aufmerksamkeit daran zu hindern, sich in ein unhöfliches Starren zu verwandeln. Es wäre allerdings auch erstaunlich gewesen, wenn sie mein Interesse nicht geweckt hätte. Ihr lautes, ein wenig spitzes Lachen. Ihre lebhaften Bewegungen. Ihre sehr stabilen Hüften, perfekt trainiert unter dem sicherlich maßgeschneiderten dunkelblauen Kostüm. Ihre roten Haare waren zu einem dicken Zopf hochgesteckt, dessen Kompaktheit verriet, wie lang sie sein mochten, wenn sie offen fallen durften.

In diesem Augenblick wusste ich, ich musste derjenige werden, der diesen Zopf löste und zusah, wie dieses Haar über starke Schlüsselbeine floss. Dies war mein Entschluss, und der war unerschütterlich.

Ich versuchte, ihre Augen zu erkennen, aber die Entfernung war zu groß. Waren sie von einem warmen Braun oder vielleicht von einem kühlen Blau? Ich tippte auf kühles Blau.

– Entschuldigung, sagte ich zu einem jüngeren Forscher oder Arzt. Entschuldigung, aber wer ist die Dame?

– Weißt du das denn nicht? Das ist doch die, die den Forschungsfonds leiten soll, Caroline Sundborn.

– Warum heißt sie Caroline?

– Ich weiß nicht. Vielleicht ein amerikanischer Vater. Wir sollten uns gute Plätze sichern. Es kommen viele Zuhörer. Wie heißt du noch mal?

– Wasser, Kurth Wasser. Und du?

– Sture Horn. Wie gut du Schwedisch sprichst! Man hört kaum, dass du nicht von hier bist. Woher kommst du?

– Aus Weimar.

– Ich verstehe. Gut, in Schweden zu sein, oder?

– Wunderbar.

– Du arbeitest nicht hier im Haus, glaube ich?

– Nein.

Caroline Sundborn, die jetzt in der ersten Reihe saß, in der Erwartung, vom Veranstalter und Gastgeber willkommen geheißen zu werden, fesselte mich also von dem Moment an, als ich den Raum betrat. Der junge Horn lotste uns elegant durch den schmalen Durchgang zwischen der Kathederestrade und der ersten Reihe in dem großen Amphitheater. Er hatte ein paar freie Plätze ziemlich hoch oben auf der anderen Seite entdeckt. Wir streiften praktisch vor ihren Knien vorbei, die sich unter einem eleganten Rock aus teurem Stoff abzeichneten. Von Damenkleidung verstand ich damals nicht viel, aber teuer und geschmackvoll war mein Eindruck.

War es Einbildung, oder gab es einen Augenblick, in dem sie aufsah und mir mit dem Blick folgte? Ich glaube es zumindest. Ich habe es so in Erinnerung. Es gibt viel mehr in der Beziehung zwischen Menschen, als die psychologische Wissenschaft, dieses eigentümlich eindimensionale System, erfasst.

Hätte ich der Psychologie getraut, hätte ich nie auch nur einen einzigen Menschen verstanden. Es ist ja sehr bemerkenswert, dass Menschen, die auf die eine oder andere Weise zusammengehören, als Freunde oder Feinde, was manchmal dasselbe ist, einander finden. Die Menschen, die uns etwas bedeuten werden, tauchen nicht einmal, sondern viele Male in unserer Nähe auf und gehen vorbei.

Vom Landtagsdirektor begrüßt stand jetzt am Rednerpult Caroline Sundborn, eine der großen Gestalten und Vorkämpferin für die Psychiatrie dieses Landes. Hier trat sie auf, mit Festigkeit in der Stimme, starker Präsenz, selbstverständlicher Autorität.

Ich wusste nur eines. Hier verlief eine Grenze. Es war die Grenze zwischen mir und dem wirklichen Leben. Zwischen mir und dem, was ich nicht war. Sie musste überschritten werden.

Und es gab nur einen Weg hinaus in die Wirklichkeit: Ich musste sie erobern, Caroline Sundborn.

Sie gehörte zu denen, die sich nicht davor scheuen, ihren Zuhörern in die Augen zu sehen. Und wissen, dass man besondere Aufmerksamkeit bekommen kann, indem man dabei etwas länger verweilt als nötig. Während dieser Sekunden wächst man. Sich atemlos in seine eigenen Worte zu werfen macht einen erschrockenen Eindruck. Caroline war nicht erschrocken.

Jetzt war der größere Teil ihrer Figur vom Rednerpult verdeckt. Ich hätte so gern ein bisschen mehr von ihren festen Hüften in dem dunkelblauen, gut sitzenden Rock gesehen. So ein Anblick öffnet das Feld für jene Phantasien, die mir seit der Schulzeit wohlbekannt sind. Sind Lehrerinnen sich dessen bewusst, welche Rolle sie in den Phantasien der Schüler spielen? Natürlich sind sie sich das. Überhaupt sind uns viel mehr Dinge bewusst, als wir annehmen. Wie hätten wir sonst so lange überleben können? Genau genommen seit Millionen von Jahren.

Aber dies hier war etwas mehr – es war etwas Wichtiges, etwas, das nicht im trivialen Strom der Ereignisse untergehen durfte. Was diese bemerkenswerte Rednerin zu sagen hatte, war vermutlich kontrovers, wie ich aus den Mienen im Publikum schloss, sogar äußerst kontrovers. Ich selbst war viel zu unwissend, um zu erkennen, worin die Kontroverse bestand. Aber es war offensichtlich, dass diese Professorin Sundborn nicht viel für die Psychiatrie übrighatte, wie sie in den Krankenhäusern und Kliniken dieses Landes betrieben wurde.

Ich hörte aufmerksam zu und dachte dabei die ganze Zeit über etwas anderes nach. Wie zum Teufel konnte ich mich dieser göttlichen Frau nähern und sie etwas fragen, was eine so hervorragende Person interessieren könnte?

Vielleicht, indem ich diese Sache mit der Schlafforschung ansprach?

Der Beifall nach dem Vortrag war nicht ungeteilt. Aber in der Pause, in der vor dem Saal auch Kaffee und Kuchen serviert wurden, umstand, nicht unähnlich einer Mauer, ein Kreis von Bewunderern die Professorin, vor allem ältere und bekanntere Kollegen. Offensichtlich hatten sie viel zu besprechen.

Was konnte ich also tun? Einen Brief schreiben? Mich ihr zu Füßen werfen? Ihr auf dem Weg hinaus nachlaufen?

Auf eine Art, die, wie ich glaube, einzigartig für Professorin Sundborn ist, löste sie das Problem für mich. Sie trat allmählich aus dem Kreis der Wissbegierigen und Bewunderer heraus, schritt direkt auf mich zu und sagte:

– Sie wollten bestimmt etwas wissen?

Was antwortet man auf so eine Frage? Ich erwiderte:

– Allerlei. Darf ich Ihnen vielleicht behilflich sein, ein Taxi zu rufen?

– Danke. Ich nehme den Bus in die Stadt. Haben Sie vielleicht denselben Weg?

– Ich heiße Wasser. Kurth Wasser. Ich bin Assistenzarzt draußen in Tierp, hier in der Gegend von Uppsala.

Sie schüttelte den Kopf. Und lachte. Was dieses Lachen bedeutete, war nicht leicht zu erraten. Es beschäftigte mich noch lange nach unserer Begegnung.

Habe ich mein eigenes Begräbnis verpasst?

Zu den Besonderheiten meines Lebens gehört der merkwürdige Umstand, dass ich zweimal mein eigenes Begräbnis verpasst habe. Ein Scherz, den ich mir für den privaten Gebrauch aufspare. Kent Andersson verschwand. Man könnte vielleicht sagen, er starb. Und der Lizentiat der Medizin, Kurth W. Wasser, ebenfalls. Das ist unbestreitbar.

Merkwürdig, aber inzwischen kann ich hin und wieder plötzlich eine große Sehnsucht nach ihm verspüren – nach dem, der verschwand. Diesem Jungen aus Karbenning. Nach seiner Jugend auf dem Moped, seinen ersten Erfahrungen mit Mädchen und dem Berufsleben zwischen Autoreifen und hydraulischen Werkzeugen. Die Sehnsucht nach einem Dunkel, das es hätte geben können. Sie ist größer als die Sehnsucht nach all diesen Frauen, die mein Leben besucht und bereichert haben.

Kurth Wasser, dessen Namen und Leben ich übernommen habe, vermisse ich hingegen nicht. Er ist ja tot. Seit sehr vielen Jahren. Und zwar wegen eines so unvorhersehbaren wie tragischen Unfalls. Ich bin ein *place holder* – wie man in der Mathematik sagt –, einer, der die Aufgabe übernommen hat, die Leere zu füllen, die der andere hinterlassen hat. Vielleicht wäre die Welt besser, wenn er nicht in dieser scharfen Kurve verunglückt wäre? Vielleicht habe ich auch das getan und zu Ende gebracht, was er hätte tun sollen?

Wetteifere ich mit ihm?

Und was wurde aus dem, der an seine Stelle trat? Sein Leben war ja verschwunden. Ich habe es getauscht. Man könnte also sagen, dass ich der bin, der ich bin. Aber ich bin auch der, der ich nicht bin. Die Erfahrung sagt mir, dass es mir nicht sehr guttut, über diese Paradoxa nachzugrübeln.

Warum musste das geschehen? Wenn etwas Unwahrscheinliches, Chaotisches, an der Grenze zum Unmöglichen eintrifft und sein Gewicht in die Waagschale des unerträglich einförmigen Alltags legt, kommt es auf uns an. Einen Sinn aus dem Chaos herauszulesen.

Und genau das tat ich.

Ich hätte ihn eigentlich gern begraben, wie auch immer das hätte zugehen können.

Tatsächlich bin ich einmal zu dieser Böschung zurückgekehrt. An der Kurve, wo ich ihn gefunden hatte. Kurth Wasser. Ich weiß nicht, was mir vorschwebte. Wollte ich ernstlich versuchen, ihn zu begraben? Vermutlich kaum praktisch. Vielleicht kam ich nur, um zu sehen, ob alles der Wirklichkeit entsprach. Es war bestimmt zu der Zeit, als ich noch bei *Roffes Reifen und Felgen* arbeitete.

Ich suchte einen ganzen Nachmittag lang und fand nichts. Absolut nichts. Für ein paar verwirrte Minuten glaubte ich tatsächlich, ich würde in der falschen Kurve suchen. Aber das war ja undenkbar. Diese Straße kannte ich, seit ich mir mein erstes Moped zugelegt hatte.

War jemand dagewesen und hatte aufgeräumt?

Vielleicht. Wie oft sieht man diese ausgebrannten Autowracks in Kurven und Gräben. Und wenn man regelmäßig dieselbe Straße nimmt – ja, eines Tages sind sie fort. Das Einzige, was ich von ihm mitgenommen hatte, waren seine Papiere. Es war offensichtlich, dass er vorgehabt hatte, in Schweden eine Arbeit zu finden. Er hatte ja alle seine Zeugnisse dabei.

Etwas in meinem Leben hat – ohne meinen Willen oder gegen meinen Willen – systematisch darauf hingearbeitet, mich immer einsamer zu machen. Ich habe keine Verwandtschaft mehr. Auch keine richtigen Freunde. Nur diese kurzen, intensiven sexuellen Kontakte, die mir über den Weg laufen, fast ohne dass ich darum gebeten habe.

Durch das Fenster, das ich gern noch hätte schließen wollen, sah ich ein paar Kinder auf dem Hof Ball spielen. Als ich mich umdrehte, hatte sie schon ihren halblangen schwarzen Mantel abgelegt und ihn hinter sich auf den blauen Teppich fallen lassen. Ich drückte mich an sie und nahm einen Duft wahr, der mir bekannt vorkam. Sie legte beide Hände auf meine Hüften, mit einer gewissen Bestimmtheit, die nur auf eine Art gedeutet werden konnte. Durch dieses halb geöffnete Fenster hörte ich also die ganze Zeit die Kinder, die Ball spielen. Ich erinnere mich noch genau an die Stimmen der Kinder, das Geräusch des Balls gegen eine Wand, einen Bus, der seinen schweren, gasbetriebenen Motor irgendwo da draußen im Viertel startet. Einen unerwarteten Himbeerduft.

So fing es an. Oder eigentlich hatte es sehr viel früher angefangen. Ich hatte sie schon dort unten an der Bushaltestelle gesehen.

Es begann also, ehe es überhaupt begann. Wir standen an der Bushaltestelle, wie schon einige Male zuvor. Wind wehte, und wir waren eigentlich nur ein paar Schritte voneinander entfernt, sie ein wenig breitbeinig in ihrem schmalen langen Mantel, als wollte sie etwas beweisen. Ich in ihrer Nähe, eifrig den belanglosen Fahrplan studierend, wo werktags alles im Abstand von ungefähr zwölf Minuten kommt und geht. Und sonst war eigentlich niemand da.

(Mit »eigentlich niemand« meine ich, dass es da ja noch diese komische alte Frau gab, die hemmungslos zehn, zwanzig Exemplare der Gratiszeitung an sich nahm. Ich vermute, für ihre stinkenden Katzen, in einer verfallenden alten Wohnung, die bald von irgendeiner Behörde entlüftet und mit dem Dampfstrahler gereinigt werden wird.)

Sie bewegte sich ein wenig. Vor und zurück. Offenbar war sie mit etwas unzufrieden. Vielleicht wegen der Verspätung. Der sonst so zuverlässige Bus wollte sich heute nicht einfinden. Bushaltestellen sind eigentlich kolossal öffentlich. Genauso öffentlich wie Opernbühnen – oder vielleicht noch mehr. Die Schauspieler hier sind ja nicht in Kostüm und Maske.

Und wenn man sich neben jemanden stellt, um ihn etwas näher zu betrachten, dann bemerkt nicht nur der Betreffende schnell, dass da etwas im Gang ist – alle anderen merken das auch.

Sehen, ohne selbst gesehen zu werden, ist es das, was man eigentlich will? Meine Wohnung liegt ganz oben unterm Dach. Durch das Küchenfenster blicke ich genau auf diese Bushaltestelle hinunter. Ich erinnere mich, dass ich mir einen Spaß daraus machte, die Passagiere an der Bushaltestelle zu studieren. Besonders die Art, wie sie einander sorgfältig ausweichen. Nur bei starkem Regen, Schneesturm oder wenn der Busverkehr aus irgendeinem Grund nicht mehr funktioniert, beginnen sie, oft ein wenig unruhig, miteinander zu reden.

Das gibt sich aber schnell wieder.

An diesem Vormittag kam es zu einer Verkehrsstörung. Es war ein früher Frühlingstag, die Birken entlang der Straße schlugen gerade aus, leichter Regen fiel. Als ich merkte, dass kein Bus kommen würde, brach ich das inhaltsreiche Schweigen, das viele Wochen lang zwischen uns geherrscht hatte, und bot ihr an, ein Taxi zu rufen.

Der Verteidiger von Dianas Hain

Anzeichen dafür, dass einige Menschen wussten, wer ich eigentlich bin, gab es durchaus. Wie hätte es anders sein können? Es ist allerdings bisher niemandem gelungen, etwas aus diesem Wissen zu machen. Eine gewisse Gedankenlosigkeit, die das Unerklärliche unerklärlich sein und das Widersprüchliche an dem vorgesehenen Platz lässt, hat dazu beigetragen. Deshalb hat es selten oder nie zu Problemen geführt.

Kann es eine Person mit einer Kindheit in Karbenning und einer Jugend im totalitären Ostdeutschland geben? Kann man sowohl ein Medizinstudent sein, der vor der politischen Unterdrückung und Überwachung in Weimar geflohen ist, und gleichzeitig ein aufgeweckter Junge, der Bootsmotoren in Karbenning repariert? Offenkundig nicht.

Aber es gab eigentlich niemanden, der daran interessiert war, die Fäden zu entwirren.

Stickanvaters Sohn war ein deutsches Flüchtlingskind, das auf rätselhafte Weise das Arztexamen gemacht hatte, praktisch ohne das Akademiska-Krankenhaus in Uppsala zu betreten, und dann rasch und geschickt in den Pflegeberuf hineingeglitten war.

So war es zugegangen. Auf irgendeine Weise. Die niemand so recht begreifen konnte.

Mein Vater lebte in den letzten Jahren ein wenig jenseits der Jahreszeiten, der Alkohol hatte das Seine getan, aber es lag nicht nur daran. Ich glaube, er litt unter einer echten Erschöpfung. Er war es leid, über eine bemerkenswerte Intelligenz zu verfügen und eigentlich nie eine richtige Verwendung dafür zu finden. Und dann starb er. Er musste nie darüber nachgrübeln, wie ich vom Fensterputzer zum Arzt avanciert war. Und das war gut so. Ich frage mich, was er dazu gesagt hätte. Meine Mutter war ihm bald gefolgt. Bei ihr ging es schnell. Sie bekam einen Herzinfarkt und blieb zwischen den Pfingstrosen draußen an der Vortreppe liegen. Gerade, als sie aufblühten.

Das war beklagenswert.

Annäherungen

Ich habe lebhafte Erinnerungen an diese erste Zeit mit Caroline Sundborn. Sehr lebhafte.

Es war, wenn ich es zusammenfassen darf, eine großartige Zeit. Ihre Launen, ihre zunehmende Eifersucht, ihre Wutausbrüche – all das kam später. Was mir von diesen ersten Wochen am besten in Erinnerung geblieben ist, das waren ihre ausgedehnten und tiefen Orgasmen, ihre Dankbarkeit, ihre unverstellte Freude, jemanden wie mich gefunden zu haben.

Im Bus, jetzt in einem langen grauen, offenbar wärmenden Wintermantel, obwohl der Frühling tatsächlich vor der Tür stand, erschien Caroline Sundborn weniger großartig, sondern eher mädchenhaft. Ich war nicht erfahren genug, um das sofort zu erkennen, aber ich merkte es und verhielt mich entsprechend: Dies war ein Mädchen aus gutem Hause, aus einer richtig feinen Familie. Sie artikulierte jedes Wort so genau. Ich versuchte mein Västmanländisch hinter einem – wie ich glaube – nicht ganz überzeugenden deutschen Akzent zu verbergen, und mir wurde immer jämmerlicher zumute. Wie sollte ich es angehen? Ich entschloss mich, mit dem Anfang zu beginnen.

– Ich komme aus Weimar. Ich habe dort meine Ausbildung absolviert.

– Wie interessant.

– Eher unangenehm als interessant. In der DDR werden so viele politische Anforderungen an einen Medizinstudenten gestellt. Allein die Wehrpflicht ist fast unerträglich.

– Davon habe ich gehört. Ein alter Freund von mir ist Dekan in Weimar. Sie kennen bestimmt Wilhelm Münsterberg?

Ob das eine Art Test war? Ich begriff, dass die Situation heikel werden konnte.

– Kennen? Ich kann nicht behaupten, dass ich ihn kenne.

– Wirklich? Sie müssen ihn in der klinischen Ausbildung getroffen haben.

Jemand mit weniger Talent hätte möglicherweise begonnen, von seiner grenzenlosen Bewunderung für diesen Professor zu sprechen. Ich sah ein, dass das sehr gefährlich werden konnte, sie hätte ja leicht nach Einzelheiten fragen können.

– Ich würde lieber nicht über Professor Münsterberg sprechen.

– Aha, Sie haben keine guten Erfahrungen mit ihm gemacht.

Meine charakterfeste Antwort war natürlich perfekt. Zum einen überzeugte sie Caroline Sundborn davon, dass ich eine Person war, die sich nicht scheute, zu sagen, was sie dachte, und zum anderen verhinderte sie einen Durchgang durch die medizinische Fakultät in Weimar, der hätte anstrengend werden können.

– Und jetzt sind Sie im Akademiska?

– Leider nicht. Ich arbeite in einer Mütterpflegezentrale. Als stellvertretender Arzt.

– Aber das ist doch nicht so schlecht?

– Keineswegs. Es ist sogar sehr gut. Ich bin ja noch nicht sehr lange hier. Und es ist ein guter Anfang, wenn man Schweden kennenlernen will.

– Aber am liebsten würde Doktor …

– Wasser, Kurth Wasser.

– … etwas anderes machen?

– Es gibt einen Forschungsbereich, der mich interessiert, aber ich glaube kaum, dass hier in Schweden eine Möglichkeit besteht, auf diesem Gebiet zu arbeiten.

– Und was wäre das?

Ihre Augen spielten leicht ins Graue – das erkannte ich aus dieser Nähe.

– Der Schlaf.

– Der Schlaf?

– Die Schlafforschung. Schlaf ist für Millionen von Menschen ein Problem. Der Schlaf ist eine kostbare Gabe. Teure Mittel schenken Schlaf.

Weiter kam ich nicht, da ich merkte, dass wir schon am Hauptbahnhof von Uppsala angekommen waren. Damals ein ganz gewöhnliches Bahnhofsgebäude hinter einer Skulptur von Bror Hjorth, einem langhaarigen Künstler, mit einem Atelier draußen in Kåbo, das nachts erleuchtet war. Dort war ich einmal vorbeispaziert, und zwar genau an dem Abend, bevor Bror Hjorths Skulptur des Nöck von den kommunalen Auftraggebern kritisiert wurde, denen das voluminöse Geschlechtsorgan nicht so recht gefiel.

Ich erkannte, dass dies für mich ein entscheidender Augenblick war.

Seitdem habe ich allerlei über mich selbst gelernt. Zum Beispiel, dass ich gerade in solchen Situationen zu meinem Recht komme.

Statt mich höflich zu verabschieden und zu bedanken und mit dem Bus zur Skolgatan weiterzufahren, wohin ich wollte, nahm ich ihre Hand.

Sie ließ es geschehen. *Sie ließ es geschehen.*

– Fahren Sie nach Stockholm?

– Nein. Mit dem Norrland-Zug nach Umeå.

– Das ist weit.

Sie lächelte. Ja, sie lächelte.

– Ja, das ist weit. Aber ich komme bald zurück. Rufen Sie mich doch in Stockholm an.

– Wenn ich eine Nummer hätte, würde ich das gern tun.

– Die bekommst du jetzt. Ich finde, wir können uns duzen. *Wir sind doch in derselben Branche, nicht wahr?*

Über diese letzte Bemerkung habe ich oft nachgedacht.

Ein unerwarteter Besucher

Eines Tages, vor etwa zwanzig Jahren, geschah etwas Merkwürdiges. Es war, als ich noch Klinikchef war. Ein Glück, dass ich nicht die geringste Neigung zum Aberglauben habe.

Ein Herr betrat den Empfang und sagte, er sei Doktor Kurth Wasser. Sofern man Viola glauben schenken darf. Aber sie täuscht sich nicht. Also, ein Mann in den Sechzigern, korrekt, fast pedantisch gekleidet, im dunklen Anzug und mit blau-grauer Seidenkrawatte – und zwar zu einer Zeit, in der sogar Oberärzte und Landräte in Wollpullovern und mit grünen Adidas-Schuhen an den Füßen herumliefen –, ein solcher Mann betrat jetzt die Rezeption.

Viola, unsere Empfangsdame, an diesem Tag angetan mit einem eng anliegenden tiefgrünen Frühlingskostüm und mit einer koketten kleinen Halskette mit einem Stein, der sich direkt unter dem Ausschnitt verbarg, fragte ihn nach seinem Anliegen. Wollte er möglicherweise mit dem Klinikchef, Doktor Wasser, sprechen?

Nein, keineswegs. Er *war* der Klinikchef. Doktor Wasser. Das war es, worüber er reden wollte.

Selbst an einem Ort wie diesem, an dem man allerhand gewohnt war, verursachte das einen kleinen Aufstand. Wenn man nicht sehr erfahren ist, weiß man ja nicht genau, wer gefährlich sein kann und wer nicht. Man kann nur versuchen, das Gegenüber zur Vernunft zu bringen.

Weiter geschah eigentlich nicht viel. Wir wurden ihn wieder los. Ohne größeres Intermezzo. Die Pfleger verstanden sich sehr gut auf so etwas. Sie waren groß und stark und konnten tadellos überzeugen, ohne die Leute am Kragen zu ziehen.

Das Ereignis erschien mir ziemlich absonderlich, ja, vielleicht fast etwas beunruhigend.

Zumal ich einen Monat vor meiner Beförderung stand. Ich hatte wirklich nicht damit gerechnet, dass so etwas passieren würde.

Aber damit fing es nicht an. Vielmehr las ich etwas, das mich fesselte und erschreckte. Und an das ich seither viele Male gedacht habe.

Der Wächter von Dianas heiligem Hain, sagt James Frazer – zugleich Priester und Krieger, der sich am Ufer des Nemisjön befindet –, spazierte Tag und Nacht in einem Zustand der Schlaflosigkeit und Erregung um einen zentralen Baum herum, mit einem stets gezogenen Schwert in den Hand.

Wen erwartete er? Den Nachfolger, den Diana-Priester und Krieger, der ihn töten und sein Amt übernehmen würde, bis dieser selbst eines Tages seinem Nachfolger zum Opfer fallen würde.

Der große Frazer bemüht sich in drei dicken Bänden zu verstehen, wie ein so eigentümlicher Brauch entstanden sein könnte.

Merkwürdig, nicht wahr, mit diesem Krieger und Priester, der nie schlafen darf. Ich selbst habe mich ja während meiner ganzen Karriere für Schlafprobleme interessiert.

Ein Weg ins Verborgene hinein

Als ich Caroline Sundborn schließlich eines Tages anrief, an einem Nachmittag Mitte April, nachdem ich es mir einen ganzen Monat lang überlegt hatte, klang ihre Stimme erst sehr kühl und eher abweisend. So abweisend, dass ich glaubte, diese vielbeschäftigte Amtsperson und Spezialistin hätte mich ganz und gar vergessen.

Das war die erste Überraschung. Die zweite war, dass sie plötzlich vorschlug, ich solle sie besuchen, fast im selben Atemzug, als ich schon dachte, das Gespräch wäre beendet. Als hätte sie sich erst in diesem Moment an mich erinnert. So mag es ja auch gewesen sein.

Überhaupt würde ich das Ganze jetzt viel geschickter handhaben.

Die dritte Überraschung war, dass sie sich nicht nur an meine Person erinnerte. Sie kannte auch meine Adresse in Uppsala, am Brantingstorg, was sie in einem gedankenlosen Nebensatz verriet. Hatte sie im Telefonbuch nach mir gesucht? Wasser war kein gewöhnlicher Name. Oder hatte sie sich – was wahrscheinlicher war – draußen in der Mütterpflegeklinik nach mir erkundigt? Noch Jahrzehnte später habe ich keine Antwort auf diese Fragen gefunden, zum Teil auch deshalb, weil ich nicht das geringste Bedürfnis danach hatte. Jetzt weiß ich ja – wie es sich verhielt.

War sie schön? Befand ich sie als »schön«? Eher als eine »Dame«, tipptopp angezogen – in dem geschmeidigen tiefblauen Kostüm, die langen roten Haare wie eine Businessfrau zu einem Knoten geschlungen, der Mund mit den vollen Lippen, aber scharf geformten Mundwinkeln. Als gäbe es bei ihr ein ganz, ganz klein wenig Bitterkeit, eine Enttäuschung, die nie so recht hatte verheilen und verfliegen wollen.

Eine feine alte Kunstform

Von wem habe ich die Kunst des Betrugs erlernt? Diese schwierige Kunst? Von den großen Künstlern vielleicht, die ich unermüdlich in den feinen Museen besuche, von ihren Tricks mit Tiefe und Oberfläche, Licht und Schatten? Von meinem Vater? Er war darin unbestreitbar gut – zum Beispiel diese Idee von seiner Teilnahme am finnischen Winterkrieg. Wobei er mit der Zeit entdeckte, dass auch echte Veteranen ihm bereitwillig halfen, die Lücken zu füllen, wenn er »sich nicht erinnerte«, und alle offensichtlichen Unstimmigkeiten zu berichtigen, die ihm manchmal beim Erzählen unterliefen. Die Menschen füllen Lücken gerne aus. Das ist eigentlich nicht so merkwürdig. Leben ist eine sinnstiftende Aktivität. Leben heißt zu deuten.

Man denke nur an die Geschichte mit der gestohlenen Schreibmaschine!

Natürlich habe ich oft darüber nachgegrübelt: Wie man immer überzeugter davon wird, dass man eigentlich der ist, der man zu sein vorgibt, bis kein Zweifel mehr besteht.

Ich glaube, ein Gewinner von der Sorte, wie ich einer bin, kann ein besonders effektiver Beobachter sein, da er weiß, wie man es anstellt zu schummeln.

Später im Leben, als ich als Oberarzt und Klinikchef ordentlich etabliert war, kam es tatsächlich manchmal vor, dass ich mit Betrügereien in Berührung kam. Sei es, dass es sich um Assistenzärzte handelte, die mit falschen Legitimationen auftraten, oder um Krankenschwestern, die keine Krankenschwestern waren.

Als Medizinalrat, und später als Generaldirektor, habe ich fast alles in der Branche gesehen. Ich glaube sogar, dass ich einen gewissen Ruf hatte wegen meiner skrupulösen Genauigkeit bei Dokumenten und Unterlagen. Der eine oder andere Hinweis ist allzu leicht zu entdecken.

Mit falschen Chirurgen hatten wir es mehr als einmal zu tun. Aus natürlichen Gründen verrieten sie sich ziemlich schnell. Ihre Patienten sterben ja oft. Aber das kommt auch bei Patienten der kompetenten Chirurgen nicht selten vor. Die sogenannten Stafettenärzte, diese umherziehenden, kurzzeitig angestellten Glückssucher, kamen während meiner aktiven Zeit sehr viel seltener vor. Ich glaube, die Fehlermöglichkeiten in der Chirurgie haben seither zugenommen. Aber es gibt ja immer auch die Chance, dass ein falscher Chirurg in aller Ruhe dazulernt. Und genauso kompetent wird wie die anderen.

Nicht ich habe meine Aufmerksamkeit als Erster auf den Psychiater Ronne Hagen gerichtet. Es war – glaubt mir oder nicht – Caroline, die mich anrief. In meinem Büro, während der Dienstzeit. Ich fühlte mich von ihrer unpersönlichen Art ziemlich verletzt.

Es ging um einen Psychiater, offenbar norwegischer Herkunft, in Söderköping niedergelassen, der aufgrund seiner exzentrischen Methoden auffallend geworden war.

Was bezweckte Caroline damit, dass sie mich beauftragte,

mich um den Fall zu kümmern? War es eine diskrete Art, so typisch für meine Wohltäterin und ehemalige Geliebte, mich erkennen zu lassen, dass sie schließlich herausgefunden hatte, wer ich war? Ich verwarf den Gedanken. Sicher ging es ihr nur darum, dass ich der Einzige war, der einer solchen Sache auf den Grund gehen würde.

Ronne Hagen war offenbar ein besonders übler Scharlatan. Er hatte sich auf junge Mädchen spezialisiert, die ihm die Sozialämter überwiesen, zur Behandlung ihrer psychischen Probleme. Einige der Mädchen waren – wenn man Caroline Glauben schenkten durfte – leicht oder schwer drogensüchtig, und manche hatten wirklich Schlimmes erlebt, waren von unglaublich brutalen Stiefvätern oder sogar von den eigenen Vätern vergewaltigt worden oder aus Heimen für Süchtige oder Flüchtlingsunterkünften geflogen.

Dass er sich um diese Mädchen kümmerte, dagegen war ja nichts einzuwenden. Es war nur so, dass er darauf bestand, der Einzige zu sein, der sie behandeln durfte. Aber manche von diesen Mädchen wollten ganz einfach nicht dasitzen und einem unangenehm neugierigen männlichen Psychiater von ihren Erlebnissen berichten. Sie bestanden auf einer weiblichen Beratung, sie schrieben Briefe an Sozialarbeiterinnen, die natürlich im Papierkorb landeten, da sie in Ruhe gelassen werden und vor allem keinen Ärger mit einem vom Landtag verordneten psychiatrischen Amtsarzt bekommen wollten. Ronne Hagen war immerhin Doktor med. mit einer Dissertation an der Universität Oslo.

Der Mann war charmant, aber er forderte sehr bestimmt, dass Patientinnen, die in seiner Obhut gelandet waren, auch wirklich dort blieben. Worin die Behandlung eigentlich bestand, war nicht leicht herauszufinden, aber was Caroline wäh rend eines halbstündigen Gesprächs auf einer der schäbigen Sitzreihen am Gleis 3 im Bahnhof von Västerås von einem sehr verwahrlosten jungen Mädchen zu hören bekam, das ihre Enkelin hätte sein können, reichte aus, um sie handeln zu lassen.

Ich hörte, dass Caroline erregt war, sehr erregt. Ich verstand auch, worum es ging. Wenn sie oder einer ihrer vielen Freunde im Landtag und in der Pflegeverwaltung anfingen, die *Kompetenz des Dr. med.* Hagen infrage zu stellen, würde es ein langes, heftiges, verdammtes Gezänk geben, das durchaus *ad majorem gloriam* für Doktor Hagen enden könnte. Und die Mädchen, von Doktor Hagen möglicherweise nicht nur vernachlässigt, sondern vielleicht im Gegenteil eifrig missbraucht, hatten in der Angelegenheit nichts zu gewinnen. Darüber machte sich Caroline keine Illusionen.

Ich fragte, warum sie es mit dem Titel so genau nahm, da sie den *Doktor* in jedem zweiten Satz betonte. Sie antwortete, das würde ich sicher verstehen. Ich fragte, warum sie gerade mich angerufen hatte, wenn sie genauso gut irgendeinen ihrer alten Freunde aus dem Ministerium hätte fragen können, diese ganze Bande von Professoren und Juristen.

Sie erwiderte, sie glaube, dass ich besondere Talente für diese Aufgabe hätte. Das rief bei mir ein unangenehmes Gefühl in der Magengrube hervor. Ich fragte, wie sie das meine. Sie antwortete, dass sie ja wisse, wie gründlich ich sei. Bei allem, was ich anpackte.

Dies war das letzte Mal, dass ich mit Caroline gesprochen habe. Sie hatte nur noch etwa ein Jahr zu leben. Aber das wusste ich damals nicht.

Abgesehen von der etwas unbehaglichen Tatsache, dass Caroline gerade mich als Experten auserkoren hatte, muss ich sagen, dass dieser Fall mich amüsierte. Über alle Maßen.

Als Erstes machte ich mich daran, in den Verzeichnissen der Dissertationen in der Nationalbibliothek und der Medizinischen Fakultät von Oslo nachzuforschen. Ich war nicht im mindesten erstaunt, als ich entdeckte, dass es keinen Ronne Hagen gab. Nicht einmal unter den Zeitschriftenautoren kam sein Name vor.

Der Unerfahrene hätte hier möglicherweise gejubelt. Das tat ich nicht. Es gab ja noch die amerikanischen Universitäten, ganz zu schweigen von Nordnorwegen. Ich suchte weiter und fand nichts. Ich richtete eine vorsichtige Anfrage an den Landtag im Verwaltungsbezirk Stockholm und stellte fest, dass dieser *Doktor* Hagen – Ronne Hagen – dort tatsächlich verzeichnet war. Jedoch nicht als Doktor, sondern als Pfleger in der psychiatrischen Jugendklinik in der Gemeinde Sofia. Aber nur bis 1979. Und zwar *Rane* Hagen buchstabiert.

Auch das musste noch kein Grund zum Jubeln sein. Die Angabe war ja vielleicht veraltet. Jemand konnte sich verschrieben haben. Oder es hatte einen Lesefehler bei einem schlampig ausgefüllten Formular gegeben. Ich bat einen meiner Berufskontakte, der Zugang zu etwas ausführlicheren Daten als den öffentlichen besaß, zu kontrollieren, was aus diesem Rane geworden war.

Die Antwort war verblüffend.

Er war verschwunden. Wie alle Bürokraten wissen, kann man auf verschiedene Art verschwinden. Man kann an einen anderen Ort ziehen, und dann ist herauszufinden, an welchen. Man kann auswandern, dann wird es etwas schwieriger, besonders für die Steuerbehörden. Die jedoch ihr Bestes tun. Ebenso die Studienmittelbehörde, die ihr Darlehen zurückhaben will. Man kann sterben, was nicht so leicht ist, wie Philosophen und Poeten glauben. Es erfordert einen ordentlichen

Totenschein, von der zuständigen Behörde ausgestellt. Und man kann seinen Namen ändern. Wenn man Freunde beim Einwohnermeldeamt hat, kann man möglicherweise auch diskrete Änderungen im Register vornehmen, aber das läuft auf das Gleiche hinaus. So könnte Rane durch eine einfache Änderung seines Namens zu Ronne geworden sein. Vielleicht waren Rane und Ronne eben auch zwei verschiedene Personen? In dem Fall wäre hier nicht viel zu holen. Sie lebten, darf man vermuten, verschiedene Leben. Wenn sie hingegen ein und derselbe wären, hätten wir möglicherweise einen interessanten Fall.

Da bei den norwegischen Behörden offenbar keine weiteren Qualifikationen zu finden waren und bei den schwedischen auch nicht, wäre es der naheliegende Weg gewesen, sich direkt an den Psychiater, den Oberarzt Ronne Hagen zu wenden, und Informationen anzufordern. Es verstand sich ja von selbst, dass ich als Chef der Aufsichtsbehörde ein Recht dazu hatte.

Falls meine Vermutung zutraf, würde es einen Riesenaufstand geben. Einen Skandal, Schlagzeilen in den Abendzeitungen und zu gegebener Zeit eine Entlassung.

Ich beschloss, etwas Originelleres zu probieren. Ich muss sagen, die moralische Empörung, die ich empfand, war echt. Dieser Mann war ein Gauner, ein Fälscher und ein Stümper. Ein schlechter Künstler, der den Anspruch erhob, etwas Besseres zu sein.

Schlimmer noch war, dass er seine Machtstellung ausnutzte: Er verweigerte hilfsbedürftigen jungen Frauen offenbar die Behandlung, die sie brauchten. Dank einer von vorn bis hinten gefälschten Identität konnte er ihre Klageschriften und alles, was sie in ihrer Not rückgratlosen Sozialarbeiterinnen erzählt hatten, als paranoide Vorstellungen drogenabhängiger junger Frauen abtun.

Entrüstet? Natürlich war ich entrüstet. Wer wäre das nicht gewesen? Warum sollte sie das nicht sein? Und meine Entrüstung war, wie gesagt, echt. Warum auch nicht?

Ihr, die ihr vielleicht diese Aufzeichnungen nach meinem Tod lesen werdet – das kann in fünfzig Jahren sein oder später, ich weiß also nicht, vor welchem moralischen und ideellen kaleidoskopischen Kontext ihr sie lest –, ihr müsst verstehen: Dies war einer der absoluten Höhepunkte meines Lebens. Der Triumph meiner Phantasie.

Als diese Geschichte auftauchte, hatte ich – seit Jahren Oberarzt und Chef einer Aufsichtsbehörde – nicht den geringsten Zweifel daran, dass ich die richtige Person war, um mich dieser Sache anzunehmen. Mein Beruf hatte vielleicht als Rollenspiel begonnen. Aber in den letzten zwanzig oder dreißig Jahren war es eben mein Beruf geworden. Punktum. Niemals habe ich meine Stellung als Arzt oder Beamter missbraucht. Ich habe keine jungen Mädchen mit Problemen zu zweifelhaften Therapien gezwängt. Warum hätte ich das tun sollen?

Schwindler zu entlarven und diskret hier und da in der psychiatrischen Branche diskret aufzuräumen ist keine schlechte Aufgabe. Wasser schafft so etwas, hieß es in der Branche. Niemand begreift, warum er das so gut kann.

Ich bin ein Gewinner. Ich bin ja Doktor Kurth Wasser.

Der Mann, dessen Begräbnis ich verpasst habe.

Betrug lohnt sich nur manchmal

Als mir zu Ohren kam – durch ein Gerücht, in der Kaffeepause –, dass er sich ein paar Monate später das Leben genommen hatte, dieser Doktor Hagen, Psychiater und Spezialist für junge Damen mit Drogenproblemen, dachte ich nur, dass sein Gewissen ihn schließlich eingeholt hatte.

Das mag zynisch klingen.

Was tat ich? Gar nichts. Doch, etwas machte ich.

Ich traf mich mit diesem Mädchen, das sich im Hauptbahnhof von Västerås Caroline anvertraut hatte, auf einen Kaffee. Diesmal wurde der Kaffee im Hauptbahnhof von Stockholm getrunken, und mir kam der Gedanke, dass es für dieses Mädchen – Schnittnarben an den Unterarmen, Tätowierung auf der rechten Wange, gründlich bis auf die Wurzeln abgekaute Nägel – ein ganz anderer Ort war als für mich.

Sie wirkte zunächst sehr schüchtern, fast ängstlich. Und sie wusste nur, dass ich ein freundlicher Arzt war und Caroline ihr empfohlen hatte, sich mir anzuvertrauen. Ich mied jeden Psychiatriejargon, weil ich ahnte, das würde sie in Panik versetzen.

– Ich habe gehört, dass sie dich scheußlich behandelt haben, sagte ich ganz einfach.

Sie antwortete nicht. Sie nickte nur, und für einen sehr

kurzen Moment sah ich ein bleiches Lächeln. Ich hätte mir etwas Ähnliches bei einer jungen Lucrezia Borgia vorstellen können, während sie ihren stimulierenden Giftmord plante. Die Art, wie sie sich in diesem belebten Hauptbahnhof umsah, zeigte mir, dass sie wohl einer Wirklichkeit angehörte, die nicht viel mit der meinen zu tun hatte. Wo ich große und kleine Reisende, Koffer und Rucksäcke und verärgerte Familien sah, die wütend die ständig fortschreitenden Verspätungen auf den Anschlagtafeln verfolgten, sah sie, Vivian, einen Marktplatz, vielleicht so etwas wie eine Börse. Eine Warenbörse? Eine Währungsbörse? Sowohl als auch.

Mir wurde klar, dass es hier und da, rings um das runde Loch im Boden der Bahnhofshalle, wo sich viele Menschen verabreden, Bekannte von ihr geben musste. Und dass diejenigen, die uns zusammen sahen, Schlussfolgerungen ziehen mussten, die keineswegs die richtigen waren.

Älterer Herr plaudert leise und sanft, aber sehr ernst, mit einem tätowierten jungen Mädchen. Ich konnte nicht umhin, zu kichern wie ein Halbwüchsiger.

– Worüber lachst du?

– Nichts Besonderes.

– Ahaa.

Ja, welche Schlussfolgerung ist die richtige?

Was ich vorschlug? Das macht euch neugierig? Ihr wollt Doktor Wassers Rezept erfahren?

Ich schlug vor, sie sollte bei der nächsten Sitzung mit ihm den Namen Rane Hagen zur Sprache bringen. Sie konnte ja sagen, sie hätte einen alten Kumpel getroffen, der gern mit Rane in Kontakt treten würde. Oder Ronne, wenn er so hieß. Dieser Kumpel, an dessen Namen sie sich leider nicht erinnern könne, sei anscheinend sehr auf ein Treffen erpicht, wie es schien.

Ich gab ihr meine Telefonnummer und bat sie zu berichten, was passierte. Entweder würde überhaupt nichts geschehen und Doktor Hagen würde mit totalem Unverständnis reagieren. Oder wir hätten einen Handlungsverlauf in Gang gesetzt. Und dieser würde, wenn auch das Problem nicht lösen, jedenfalls meinen Schützling von dem Tyrannen befreien. Außerdem, aber das sagte ich dem Mädchen natürlich nicht, würde dieses Experiment auch ein klein wenig zu meiner eigenen Selbsterkenntnis beitragen. Es hatte etwas von einer Gleichung, nicht wahr?

Eine Woche verging, vielleicht ein paar Tage mehr. Dieser Vorfall ereignete sich vor der Zeit, seit der alle Menschen Handys und Smartphones besitzen – und sie hatte sicherheitshalber nicht die Nummer meines Sekretariats bekommen, sondern nur die private, und natürlich saß ich nicht Tag und Nacht wartend neben dem Telefon. Damals hatte ich einen recht lebhaften Umgang, nicht nur die Empfänge und Esseneinladungen, die unvermeidlich waren, um den Kontakt mit denjenigen zu halten, die in dieser Welt über Gelder bestimmen, und denjenigen, die Einfluss haben auf die Vergabe oder Abschaffung wichtiger Posten. Ich hatte auch meine privaten Bekannten. Einige traf ich ziemlich regelmäßig. In altmodischen, zuverlässigen Restaurants wie der *Operabaren* oder dem *KB*. Wo man nicht versuchte, mir halbvegetarische Absonderlichkeiten aufzudrängen.

Vegetarismus habe ich schon immer verabscheut, und ich glaube, dieser Abscheu hat sich bis zur Sekte der Vegetarier herumgesprochen. Aber ich habe es vermieden, dies einem größeren Kreis mitzuteilen. Was hat das mit meiner Erzählung zu tun? Absolut nichts! Es ist nur ein alter Trick, eine Sache zu erzählen, um eine andere nicht erzählen zu müssen.

Jedenfalls meldete sich Vivian, es muss an einem Sonntagnachmittag gewesen sein, und berichtete. Sie klang etwas verwirrt, aber vielleicht war sie immer verwirrt – hatte sie nicht ein Recht darauf, nach all dem, was sie durchgemacht hatte? Sie hatte ihre Aufgabe erfüllt, auf ihren namenlosen Kumpel hingewiesen, der seinem alten Kameraden Hagen einen Gruß sandte, und war barsch zurückgewiesen worden. Doktor Hagen akzeptierte keinen Nonsens. Und falls Vivian vorhatte, in diesem Stil weiterzumachen, könnte er sich einen Klinikaufenthalt mit geeigneten Maßnahmen vorstellen …

Das Mädchen war, kurz gesagt, sehr verängstigt. Möglicherweise machte sie mich verantwortlich für die Androhung eines noch schlimmeren Elends, nämlich das Risiko, in die Psychiatrie eingesperrt zu werden. Ich griff das Thema auf, bevor sie bis dahin gekommen war.

– Wenn er droht, sagte ich, ist es uns geglückt. Dass er droht, zeigt, dass wir ihn erwischt haben.

Offenbar hatten wir Erfolg gehabt. Ich hatte richtig geraten. Und war möglicherweise auf noch brisanteres Material gestoßen, als ich es mir vorgestellt hatte.

Von Vivian hörte ich damals nichts mehr. Soviel ich weiß, wurden die Mädchen von den Sitzungen befreit. Was Caroline an Details wusste, behielt sie offenbar für sich. Auch gut. Der ganze Fall war interessant. Dennoch empfand ich eine gewisse Enttäuschung darüber, dass ich den Hochstapler nie getroffen habe, diesen »Doktor« Hagen.

Es hätte mich sehr interessiert, mit ihm persönlich zu sprechen. Aber das ist jetzt nicht mehr von Bedeutung.

Die tristeste Form von Selbstmord

So, ich habe wieder mal eine Art Wortpuzzle gelöst. Diesmal in der Internet-Ausgabe der *New York Times*. Der kurze Moment, in dem man glaubt, die Lösung des Rätsels gefunden zu haben, aber noch nicht ganz sicher ist, kann mir für eine Weile das Gefühl einer sinnvollen Existenz geben. Das ist ähnlich, oder mir ähnlich in Erinnerung, wie wenn man beim Tennis einige tiefe Schläge mit der Rückhand gemacht hat, die aus einem Dunkel, jenseits aller Worte und Überlegungen, kamen und wieder darin verschwanden und in einem Punkt erstarrten.

Mein heutiges Dasein ist eigentlich sehr angenehm – aber ziemlich sinnlos. Ich habe meine Kreuzworträtsel und Preisausschreiben, die ich im Grunde verachte. Ich habe meine Whisky-Sorten, die ich eher bunkere als genieße. Ich bin nie besonders abhängig von Alkohol gewesen. Ich gehöre zu denen, die Sorten sammeln. Fast wie Frauen, würde ein frecher Mensch sagen. Auf den Flaschen steht ja, dass Alkohol süchtig macht. Aber das ist nicht wahr. Nikotin macht süchtig, Heroin und Amphetamin sicherlich, aber Alkohol nicht. Mit der abscheulichen Ungerechtigkeit, die seit jeher für die Natur kennzeichnend war, hat sie dafür gesorgt, dass nur einige die suchtbildenden Gene haben.

Ich habe sogar ein paar Freunde, die ich manchmal treffe, die meisten davon Ärzte mit dem für ältere Mediziner charakteristischen unsentimentalen Jargon.

Natürlich sind wir – über den oft sparsam geleerten Gläsern – auch auf das Altern zu sprechen gekommen. Dass die Prostata das einzige Organ ist, das beharrlich weiterwächst, ist natürlich einer der üblichen Scherze. Und es ist ja nicht nur ein Scherz. Der eine oder andere von uns hat das ja zu spüren bekommen.

Aber was die meisten in diesem Kreis – wir nennen uns übrigens *Die Dymlinger* nach einem Landtagspolitiker, weil es uns einmal als Gruppe gelungen ist, ihn ganz schön in die Mangel zu nehmen –, was *Die Dymlinger* vor allem fürchten, glaube ich, wenn ich ihnen zuhöre, ist die Demenz.

Und das Schrecklichste, sagt Mackan, der Dozent Mac Svensson, ist doch, in einer abgelegenen Wohnung zu sitzen, aus der man sich nicht wegbewegen kann, und darauf zu warten, dass der Pflegedienst kommt. In Plastik eingepacktes Anstaltsessen kennt man ja von den Kantinen im Krankenhaus. Aber am schlimmsten daran ist, dass man es plötzlich nur noch mit Menschen der Unterschicht zu tun hat, mit denen man nicht wirklich reden kann.

– Aber auch daraus kann man vielleicht etwas lernen, sagt Humle, ein alter Pathologe, der mehr Mordopfer aufgeschnitten hat als die meisten.

– Das glaube ich nicht, entgegnet Mackan. Ich habe schon alle Formen der Dummheit kennengelernt.

– Ich mag keine dummen Menschen, sagt Sune Larsson, ein alter Anästhesist und Tennisspieler.

– Aber was ist denn falsch daran, ein gewöhnliches Leben zu leben?

– Ein gewöhnliches Leben zu leben ist die tristeste Form von Selbstmord.

Sage ich, zu meinem eigenen Erstaunen.

Der Besuch des Hundes

An einem Nachmittag bedeutend später – ich glaube, es war Anfang März oder um den Dreh herum, draußen war es immer noch abscheulich kalt, aber Schnee fiel nicht – kam ein Mann mit mir durch die Haustür, einer, den ich noch nie gesehen hatte. Er hatte zu viel, was er auf einmal im Griff behalten musste: einen Buggy mit einem sehr wütenden kleinen Jungen, offenbar nicht sein Sohn, denn der Mann muss um die achtzig gewesen sein, und auf dem Arm hielt er – mit bewundernswerter Konzentration – einen kleinen drahthaarigen Hund, den er nur mit großer Mühe bändigen konnte.

Die schwach bläulichen Nasenflügel des Mannes verrieten, dass er nicht mehr lange zu leben hatte. Schlimmer noch, bei einem plötzlichen Blutdruckabfall würde er hier umfallen. So blau kann man nicht ohne ernste Kreislaufstörungen werden. Verstopfung in den Kranzarterien, tippte ich. Der ich selbstverständlich kein Experte bin. Natürlich wollte ich dem Mann behilflich sein, mit dem Aufzug, mit dem ziemlich unhandlichen Kinderwagen, genau genommen wollte ich alles tun, was in meiner Macht stand, um ein Leben für Minuten, Monate, vielleicht Jahre zu verlängern, das sein Verfallsdatum deutlich genug überschritten hatte.

Was wäre natürlicher gewesen?

Ich fragte nach dem Hund.

War er nicht ziemlich alt?

Er antwortete, er sei *sehr* alt, wohl zwölf oder dreizehn Jahre. Ob ich ihn einen Augenblick halten könnte? Ich hätte hoffentlich keine Angst vor Hunden? Nein – ich hatte keine Angst. Eher im Gegenteil, die Hunde liefen mir nach. Wenn ich an schönen Tagen entlang des Kais unten am Kanal spazieren gehe, begegne ich vielen Hundebesitzern.

Es ist sehr ungewöhnlich – erzählte ich –, dass einer von ihnen mich grüßt. Hingegen gibt es keinen einzigen Hund, der mich nicht begrüßen will. Sie spüren, dass ich sie mag. Die Besitzer sehen das oft nicht gern. Es ist ein berechtigter Verdacht: dass ihre Hunde mich besser leiden können als ihr Herrchen.

Der Junge – ein Enkel, nahm ich an, was sich als falsch erweisen sollte – fing jetzt lauthals an zu brüllen. Nachdem er bisher in normaler Lautstärke geschrien hatte.

Hunde, sagte ich, sind mittlerweile die einzigen Menschen, die ich ertrage. Ich glaube, der Mann verstand nicht, dass ich das als Scherz gemeint hatte. Er schien es für eine überaus ernste Mitteilung zu halten. Vielleicht hatte er recht und ich nicht.

Der Junge, den er, wie ich vermutete, aus der Vorschule oder Kita, wie es heute heißt, abgeholt hatte, musste beschwichtigt werden. Es ist mir unbegreiflich, wie Kinder so plötzlich unruhig und reizbar werden können. Dieser Junge hier war hysterisch. Und diesmal nur, weil er eine Krähe gesehen hatte. Eine ganz gewöhnliche Krähe – war das nicht komisch?

Hatte sie irgendetwas Besonderes getan?

Nicht, soweit es der Mann, der nicht sein Großvater war, erkennen konnte.

Ich nahm den Hund auf den Arm. Er kam zur Ruhe. Seltsamerweise wurde er ganz still. Er zitterte nicht einmal. Er roch nach Hund, ein Duft – ein Geruch, eine Witterung? –, den ich sofort von dort oben am Waldrand wiedererkannte.

Während der Sekunden, die der Aufzug bis zu mir hinauf brauchte – im fünften Stock mit Blick auf den Kanal –, bemerkte ich, dass der Hund blind war. Die Augen waren ganz weiß, das Weiß von Eiern, die in der Pfanne erstarren.

– Ist er schon lange blind?

– Erst seit letztem Jahr. Der Tierarzt sagt, da wäre nichts zu machen.

– Wie kommt er damit klar?

– Ganz gut. Er richtet sich nach den Gerüchen. Er erkennt sogar Türen und Möbel. Die Blindheit ist nicht das Schlimmste, sondern dass er solche Probleme mit den Zähnen hat. Ich muss das Hundefutter in Wasser auflösen, wenn er etwas in den Magen bekommen soll.

– Darf ich ihn nehmen?

– Wie meinen Sie das?

– Ich könnte ihn übernehmen. Ich verspreche, ihn zu pflegen, solange er lebt.

– Er lebt nicht mehr lange.

– Nein, das sehe ich.

– Sie dürfen ihn haben.

In der Wohnung setzte ich den Hund auf dem Flurteppich ab. Es war faszinierend zu sehen, wie er sich zwischen den Möbeln orientierte. Ganz und gar vom Geruchssinn abhängig. Wie macht man das eigentlich? Im Geruchsumfeld gibt es keine Abstände. Oder etwa doch?

Zuerst war ich sehr ängstlich, dass er in die Zimmerecken pinkeln würde, ganz zu schweigen von der Gefahr für die Malmsten-Möbel und den kostbaren Überwurf des Sofas. Es zeigte sich, dass diese Sorge unbegründet war. Nichts Derartiges geschah.

Hier hat es in der Zwischenzeit einige störende Telefonanrufe gegeben. Erst glaubte ich, es wären irgendwelche Scherzbolde, aber es sind, wie es scheint, opportunistische Reporter von einer Abendzeitung.

Sie wollen mir Fragen stellen. Was für Fragen? Dumme Fragen über meine Zeit in Ostdeutschland, über meine Karriere und meine Ausbildung.

Ich wüsste gern, wer sie auf diese Idee gebracht hat? Kaum jemand aus Karbenning. Dort lebt keiner mehr, der merkwürdige Fragen stellen könnte.

Sie suchen nach etwas, sind sich aber nicht ganz im Klaren darüber, wonach. Ich habe eine für ihre Talente geeignete Spur gelegt.

Ich kenne mich mit so etwas aus. Ich fühle die Stimulanz. Und eine leise Mordlust. Das wird sie noch lange in Atem halten. Ich kann das. Ich beherrsche das. Im Vergleich zu mir seid ihr alle etwas zu träge.

Er mochte mich. Wenn ich in meinem Lesesessel saß, suchte er seinen Weg zu mir.

Jeden Nachmittag, wenn er meinen Platz erschnuppert hatte, um sich zurechtzulegen und einzuschlafen, so nah an meinen Filzpantoffeln wie nur irgend möglich, kam mir in den Sinn, dass er der letzte meiner Freunde war. Aber ich wollte, dass er mit Kent aus Karbenning befreundet war und nicht mit

Kurth. Auf diese Weise würde der verlorene Kent tatsächlich eine zweite Chance in diesem Leben bekommen. Um zu zeigen, dass er ein anständiger Kerl war.

Ich hatte ja vergessen, den Mann im Aufzug zu fragen, wie der kleine Hund eigentlich hieß. Also nannte ich ihn Rick. Nach meinem alten Freund, der mich nach Uppsala gebracht hatte.

Nach exakt fünf Monaten in meiner sorgfältigen Pflege verstarb dieser Hund, der letzte Patient. Eines Morgens lag er ganz still neben seinem Wassernapf. Ich bin wirklich kein Experte für innere Medizin, aber wenn ihr mich fragt, ich glaube, dass es ein altersbedingter Herzstillstand war. Der Tod, den sich die meisten von uns wünschen. Zumindest behaupten sie das.

Ich habe dafür gesorgt, dass dieser Hund ein angemessenes Begräbnis bekam. Er war möglicherweise der einzige Freund, den ich nie hinters Licht geführt habe.

IN MEMORIAM

Der ehemalige Generaldirektor Kurth Wasser, Stockholm, ist im Alter von vierundachtzig Jahren verstorben.

1928 in Erfurt geboren, erhielt Kurth Wasser seine medizinische Ausbildung in der damaligen DDR, wanderte aber bereits Ende der fünfziger Jahre nach Schweden aus.

Bald wurde er ein Pionier auf einem in den sechziger Jahren noch sehr unerforschten Gebiet, der neurologischen und klinischen Schlafforschung, und leitete ab 1963 ein für die Entwicklung des Fachgebiets sehr wichtiges Projekt am Akademiska-Krankenhaus in Uppsala. Die Schlafforschung sollte ihn später zu allgemeineren klinischen und organisatorischen Problemen im Bereich der Psychiatrie führen.

Als Leiter des sogenannten Bastuholm-Projekts erhielt er reichlich Gelegenheit, seine Ideen in praktische Reformen umzusetzen.

Arbeitskollegen und Patienten erinnern sich an Kurth Wasser als einen zurückgezogen lebenden, aber immer hilfsbereiten und exemplarisch höflichen Fachmann mit bedeutenden Kenntnissen und weitverzweigten Kontakten innerhalb seiner speziellen Tätigkeitsbereiche. Als Klinikchef ebenso wie später bei der anspruchsvollen Aufgabe als Generaldirektor zeigte er seine Fähigkeit zu positivem Denken und sein Talent, neuen Menschen und neuen Herausforderungen mit Aufmerksamkeit und Einfühlungsvermögen zu begegnen – und nicht selten mit nachsichtigem Humor.

Svenska Dagbladet, 18.3.2012